02
轉生成自動販賣機的我今天也在迷宮徘徊
Author
昼熊
Illustration
加藤いつわ
U0025737

「嗯，那來睡吧！啊，阿箱，你今天可以睡在我們的帳棚裡喔。」
拉蜜絲

「能跟兩個
大美女睡在一起，
很不賴吧？」
休爾米

「你並沒有錯。所以，
這次就安祥地長眠吧——」

轉生成自動販賣機的我 今天也在迷宮徘徊 02

Kadokawa Fantastic Novels

CONTENTS

Illustration: 加藤いつわ

Character

阿箱

前自動販賣機狂熱者。只要是
生前從自動販賣機買過的東西，
就能將其重現為自己的商品。

拉蜜絲

元氣百倍的怪力少女。常因為
無法掌控自己的怪力而白忙一場。
是阿箱的旅伴。

休爾米

優秀的魔法道具技師。是個很會
照顧人的大姊頭，拉蜜絲的兒時玩伴。

雪莉

特種行業的經營者。
個性平易近人。

熊會長

獵人協會的會長。
深謀遠慮，十分為居民著想。

希歐莉

富商的女兒。
任性又蠻橫，
有些在意阿箱。

插畫／加藤いつわ

序章

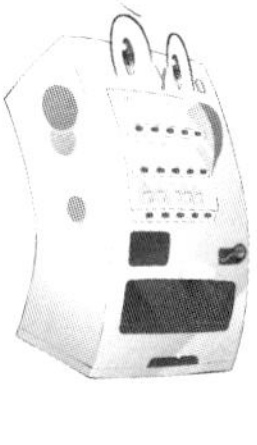

「天氣真好～」

幫忙打掃家裡時，雖然因為弄壞整張桌子而被媽媽罵，但我不在意！

天空很藍、空氣很清新、水也很乾淨，根本沒有多餘的時間垂頭喪氣嘛。

今天要來做什麼呢？爸爸之前笑著對我說過「來田裡幹活的話，妳可能會把耕田的工具折斷，所以不用來幫忙沒關係」～那我去抓魚好了。

跑到村子外頭的話會挨罵。不過，如果只是到圍繞著村子的外牆附近，應該就沒問題了吧。

「喔～拉蜜絲妹妹。妳要去哪裡玩啊？」

「呃……我要去摘花！」

「是嗎、是嗎？但不可以跑到村子外面去喔。聽說，附近的村子最近被魔物襲擊了呢。」

「哎呀，你別跟小孩子說這種事。玩的時候自己要小心點喲。」

「好～」

隔壁的叔叔跟阿姨在田裡工作呢。如果老實告訴他們，我一定會挨罵，所以只好說謊了。

河川就位於外牆旁邊，一定不會有問題。

我剛才走在比較寬闊的大路上，才會被他們發現。那就從不會有人在的地方走過去吧。這裡應該可以。只要從住家後方一直走到外牆那裡就好了。

「喂～拉蜜絲！妳在幹什麼啊～～？」

「噫、噫啊啊啊！對……對不起！我豬道不口以這樣做……呃……呃，不對不對，我剛才說錯咧……」

被……被抓到了！要是這個人一狀告到阿爸阿母那邊，他們一定會對我大發脾氣。

「噗……哈哈哈哈哈！妳還是老樣子耶，一緊張就會迸出方言。」

咦！這個笑聲是——休爾米！

「真素的，妳不要嚇我啦！我嚇到心跳都要停止了咧。」

「抱歉、抱歉。」

搖曳著一頭自然捲的淺褐色髮絲大笑的，是我最要好的朋友休爾米。

我是個喜歡活動身體、不喜歡念書的人，而休爾米跟我恰恰相反。她能夠閱讀艱澀的書籍，還會自己做很多東西。

此外，她有時還會幫忙修理大人們使用的工具。明明還是個小孩，村裡的人們卻都很依賴她，休爾米真的好厲害。

我經常無法好好控制自己的力道，然後把東西弄壞。這時候，休爾米就會默默幫我把壞掉的東西修好。我總是像這樣受到她的照顧。

她說起話來像個男孩子，個性也很強勢，我從來沒看過她跟人吵架時吵輸。

至於同年紀的男生們私下稱呼她為「大姊頭」的事情，我還是保密好了。

「所以，妳偷偷摸摸地想去哪裡啊？」

「呃……我想去河邊。」

「河邊？那就是要到外頭去嘍。這樣的話，妳得翻牆出去才行耶。正門的守門人不會讓小孩子外出的。」

以並排的巨大木樁打造而成的外牆，雖然高度比我高出許多，但使勁跳起來的話，說不定還是能跳過去。可是，如果因為用力過頭而把外牆弄壞，到時我又會被狠狠罵一頓了。

「我不是要翻牆。外牆有個地方破了一個洞，雖然大人鑽不出去，但我的體型可以。」

「哦～是這麼一回事啊。那老娘也一起去吧。」

「唔～是可以啦……但妳能保密嗎？」

「嗯，一言為定。」

休爾米不是會違背約定的人，所以沒問題的，嗯。

我們從住家後方持續前進。這裡被樹蔭籠罩著，所以周遭的人不會發現我們呢。呃……把這顆大石頭搬到旁邊……
「喔，這裡真的有一個洞耶。」
「嗯。因為被一顆大石頭塞住了，我想應該沒辦法從外面進來。」
「石頭……不對吧，這應該是岩石的程度了。這可不是普通的密道。一般人沒辦法搬動這塊岩石呢。」
這是這麼值得驚訝的事嗎？雖然是比大人的身型還要高大的石頭，但這樣的重量，大人應該也搬得動吧。
「那妳先出去吧，休爾米。我還得把石頭搬回原處才行。」
「要確實把洞口堵住喔。」
「嗯，要是有什麼跑進村子裡，就傷腦筋了嘛。」
媽媽也經常把「關緊門窗很重要」掛在嘴邊呢。
從外牆的洞鑽出去之後，眼前是熟悉的那片森林和河川。今天就在這裡抓魚吧。
「喔～能夠從跟正門反方向的地方出來，感覺挺方便的耶。不過，缺點在於沒有妳的話，就完全無法使用這條密道了。」
休爾米雙手抱胸，一臉若有所思的模樣。
這裡原本是我的祕密遊樂場，不過算了。我們是好朋友嘛。

呃……要先到河裡玩水嗎？還是先去摘花比較好？嗯～該選哪一個呢……

「咦？剛才村子裡是不是有人大叫？」

「難道是我們跑出來的事情被發現了……」

倘若是這樣，我又要挨罵了。怎麼辦？馬上跑回去道歉的話，爸爸媽媽會原諒我嗎？

「這樣的話，一定會被罵得很慘喔。」

「啊嗚嗚……呃……呃……那我們抓到魚再回去！這麼做的話，爸爸媽媽就會原諒我……大概吧。」

「有帶禮物回去的話，或許多少有點幫助呢。」

就是啊。如果能幫家裡加菜，爸爸媽媽一定會很開心。

好～我得努力抓很多條魚回去才行。

「那我們開始抓魚吧。」

「喔，要用釣的嗎？等等，老娘馬上用樹枝跟藤蔓做釣竿。」

「咦？空手抓就可以了啊。」

我踏進比較淺的河床，鎖定河裡的魚，然後一拳揮下。接著，河水高高濺起，魚也跟著從河裡彈出來。

一共有三條魚飛起來。其中兩條又落回水裡，但有一條掉到碎石地上。

「用拳頭造成的衝擊，讓魚跟河水一起濺出來嗎……」

「妳看！我抓到了吧。」

休爾米圓瞪著一雙眼睛，看起來相當吃驚。我有哪裡做錯了嗎？

啊，是那個吧。媽媽有說過，因為我的力氣太大，所以有時言行舉止會跟別人不一樣，要我多注意一點。原來一般人不會這樣抓魚嗎？

「對不起。妳嚇到了吧？」

「喔，嚇了一大跳。不過，妳真的超級厲害耶，拉蜜絲！」

「咦！可是，因為力氣太大，我常常弄壞東西，也會因此挨罵，男生還說我是怪力人，然後嘲笑我……」

自己說出口之後，我不禁難過起來。

明明希望自己能更可愛一點，卻老是讓大家敬而遠之。

「妳在說什麼啊~力大無窮可是一種很了不起的才能耶。將來，絕對會有能讓妳好好發揮這種蠻力的日子到來。總有一天，妳會覺得『自己力氣這麼大，真是太好了』！」

妳不會害怕嗎，休爾米？

為什麼妳要這麼大力誇獎我呢？

我只會把家裡的東西弄壞、幫不上任何忙，爸爸也總是為此露出傷腦筋的笑容呢。

「好啦，把頭抬起來！不然，就不能選擇商品了啊。」

「商品？」

妳在說什麼呀？商品是指……咦！

咦，休爾米上哪兒去了？這個四方形的巨大箱子又是什麼？

剛才這裡沒有這種東西吧？它是從哪裡來的呢？

箱子裡頭有好多漂亮的東西並排著喔，就像寶箱一樣。要怎麼拿出裡面的東西啊？

「歡迎光臨。」

我聽到有人說話的聲音。難道——

「是你在說話嗎？」

我……知道這個箱子。呃……我是在哪裡遇到它來著……

它的身體摸起來又冷又硬，但不知為何，卻讓人有種放心的感覺。

我記得這樣的觸感……一直待在我的身邊，在身後守護著我的……對了，我想起來了。

我怎麼會忘記如此重要的事情呢？

這個溫柔又巨大的四方形箱子，正是救了我一命，同時也是我最珍貴的魔法道具——阿箱。

與妳相伴

「阿箱……你再也不要離開我去其他地方咧……」

在那之後，從地下室被救援出去的我們，目前在城寨的一角稍做休息。或許是因為緊繃的情緒終於放鬆下來，拉蜜絲倚著我睡著了。

在我失蹤之後，她似乎便一直不眠不休地拚命尋找我。

「看來，拉蜜絲相當依賴你吶，阿箱。從她方寸大亂的反應看來……果然是因為想起以前那件事了嗎？」

以前那件事？休爾米提到了一個令人在意的話題呢。

「太可惜了。」

「噢，老娘這麼說你也聽不懂嘛。告訴你應該無妨。老娘跟拉蜜絲以前是同一個村子出身的，就是所謂的兒時玩伴。」

這樣啊？就像俗話說的，外表特徵和個性都完全相反的人，反而意外能相處融洽呢。

「嗯，雖然是很常見的事情……總之，那個無名的小小村落，因為被魔物襲擊而全毀了。老娘和拉蜜絲是村裡少數的倖存者……然後……很不幸的，她的父母都死了。」

我一直覺得，拉蜜絲的言行帶有某種稚嫩的感覺，同時，她也有愛跟人撒嬌的一面。或許，她是下意識在尋找能夠依賴的對象，或是能夠代替父母的存在吧。

「畢竟老娘是這種個性的人，所以倒還無所謂，但那傢伙覺得自己明明有力量，卻怯懦得無法幫上任何忙，這讓她一直相當懊悔。總是笨手笨腳、連一隻小蟲子都不忍心殺害的她，竟然還想當什麼獵人。真是笨蛋。」

雖然用字遣詞毫不留情，但休爾米的嗓音透露出對拉蜜絲的心疼和不捨。

怪力確實是很適合獵人的一種能力。不過，依照拉蜜絲的個性而言，老實說，她實在不適合鬥爭廝殺這類事。在旅館打工，或是幫忙清除瓦礫時，她看起來相當樂在其中。可以的話，我實在不希望她重回和危險相伴的獵人生活。

不過，拉蜜絲或許也有自己不願讓步的堅持吧。如果能成為她的助力，我也很想幫忙就是了。

「阿箱，你現在方便嗎？」

「歡迎光臨。」

喔，熊會長也在嗎？我剛才稍微觀察了一下，一共有十個人強行攻入這個據點。其中，也包括愚者的奇行團的成員。休息的同時，團長和副團長也持續注意我們。

「拉蜜絲睡著了嗎？她累積了不少疲勞，就讓她繼續睡吧。關於這次發生的事，我必須向你道歉。我之前就收到了這個盜賊團打算對你下手的情報。為了將他們一網打盡，我打算請你擔任把他們引出來的誘餌。原本想隔天再找你商量此事，沒想到這些傢伙的手腳更快，結果就演變成這樣的事態了。既然如此，應該馬上派人將你救出來才是，但因為我的命令，大家改用暗中跟蹤你們的方式。雖說是為了讓盜賊團陷入無路可退的劣勢才會選擇這種做法，但確實也因此讓你暴露於危險之中。我感到相當抱歉。」

語畢，熊會長朝我深深一鞠躬。這些基本上跟我的猜測差不多，所以，我並不驚訝，也不覺得生氣。而且，就結果來看的話，也是因為他們沒有阻止盜賊團綁架我的行動，我才能遇見休爾米，讓她一起被救出來。

要是盜賊團沒有成功把我綁來這裡，休爾米可能就會被他們「處理掉」，或是再次被帶往他處。既然這樣，就沒有任何人有錯。

「歡迎光臨。」

「關於這次的行動，請讓我支付相對應的酬勞。另外，如果你今後再次發生什麼意外，我在此發誓，獵人協會將不遺餘力地給予協助。」

光是能結交像熊會長這麼強大的人脈，就已經等同於一筆豐厚的酬勞了。

「可惡，快放開我！你們這些混蛋，想把我存起來的錢財都搶走嗎！」

是那些傢伙的老大在大吼大叫嗎？我將視線移往聲音傳來的地方，發現被繩子五花大綁的盜賊團成員，現在全都被集中在同一處。躺在附近一動也不動的那個……是屍體嗎？那個人似乎是其中一名守門人。儘管親眼目睹了人的屍體，但別說是震驚了，我完全沒有任何感覺。

這是否也是變成自動販賣機之後的一種變化呢？

「喂喂喂，比起自己的小命，你竟然更擔心錢啊？還真是悠哉耶～你囤積的那些大量財產啊，獵人協會都會幫你做最有效的運用，就別擔心啦。」

凱利歐爾團長以手指抵著帽緣，以懶洋洋的嗓音這麼表示，還一臉愛睏地揉了揉眼睛。

他們出手搭救是很令人開心啦，但這樣一來，我們就欠愚者的奇行團一個人情了。總覺得有種不好的預感。啊，團長，那傢伙囤積的硬幣，大部分都進到我的體內嘍。要是這一點被發現，盜賊團的首領可能會更生氣吧。

嗯，總而言之，這樣一來，綁架事件就告一段落了。接著，等到天亮，就可以被拉蜜絲揹在背後，舒舒服服地回去了。

好啦～剛才大展身手的各位獵人，讓我來好好招待你們吧。我追加了替冷凍食品加熱的功能，現在，無論是烤飯糰、炸雞塊、炸薯條、炒飯、炒麵，甚至是章魚燒，我都能夠提供喔。我現在套用的販賣機模式，來自以冷凍食品聞名的廠商，所以味道也掛保證。

順帶一提，我推薦的菜色是炸雞塊。

「喔！阿箱的外型變了耶。這個看起來很美味的餐點圖畫是？」

「盡是一些從來沒看過的食物吶。」

「你們冷靜點。說不定很危險呢，就由身為團長的我先來試試看吧。」

「好詐喔喔喔喔喔！團長太詐了！」

「太不講理了！不重視部下的組織，可是不會成長的喔！」

打算插隊的凱利歐爾團長，推開在我前方一字排開的其他獵人，結果被幾名團員聯手揪住。

「啊！可惡，你們這些傢伙，小心我扣你們的酬勞喔！」

「你們在做什麼傻事呀……阿箱先生，這些東西都沒有標示售價呢，難道你要請我們吃嗎？」

「歡迎光臨。」

「謝謝你。那麼……這是把肉塊拿去炸的食物吧？請給我這個。」

無視在一旁拉拉扯扯的團長和團員，副團長菲爾米娜小姐率先按下炸雞塊的按鈕。

「謝謝惠顧。」

「喂……喂，菲爾米娜，妳竟然若無其事地插隊！」

「菲爾米娜副團長好詐喔！」

「這個肉塊的口感，柔軟到令人不敢相信呢。咬下去之後，還有滿滿的肉汁從裡頭溢出……

「啊啊啊啊……」

感覺總是淡定又冷靜的菲爾米娜副團長，現在以單手撫著臉頰，還露出滿面笑容。看到她洋溢幸福的表情，其他成員再也按捺不住了，陸陸續續朝我的按鈕伸出指頭。

好好好，不用爭先恐後啦。各位就盡情大吃大喝一頓吧。雖然不會提供酒精飲品，但其他東西我都能請客喔。

「聚集在你身邊的那些傢伙，全都露出了幸福至極的表情吶。就算是人，也很難做到這種程度的事情喔。」

罕見地將黑色大衣扣上的休爾米這麼表示，然後輕敲了我的機體幾下。

她隨意道出的這句話，讓我覺得好像有什麼溫暖的東西流進了體內。這副機械打造而成的軀體，實際上恐怕不可能有這樣的感覺，不過，我想相信這樣的感受以及這股暖意，都不是自己的錯覺。

光是提供商品給獵人們大快朵頤，就有一種幸福油然而生。與其說這是因為我開始有身為自動販賣機的自覺，倒不如說這是人類原本便具備的感情。如果可以牢記著這樣的心情和感受，我就能以自動販賣機的身分繼續努力下去。

「阿箱～～……我們要一直……在一起喔……呼～～」

是拉蜜絲在說夢話啊。她像貓咪那樣蜷起身子熟睡，睡臉看起來也很幸福。

嗯。在妳主動離開我的那天到來之前，我們都要在一起喔。

回程途中，沒有再發生任何意外。我們一行人就這樣順利抵達聚落。

看到我從盜賊團的巢穴平安歸來，擔任守門人的卡利歐斯和戈爾賽打從內心為我高興。接著，被設置在獵人協會外頭後，客人也接二連三地上門，我被包圍在人山人海之中，幾乎看不見自己周遭的景色。

看來，有些人只要一天沒嚐到我的商品，就會覺得全身不對勁呢。因此，有不少人都是一口氣大量購買。眺望排得長長的人龍時，我發現擔任貨幣兌換商的艾可薇小姐佇立在一段距離之外，架在鼻梁上的眼鏡還散發出詭異的光芒。

她捧著記事本，飛快地在上頭寫下文字。等我體內的銀幣囤積到一定的量之後，她就會過來回收了吧。

儘管我一大清早就回到聚落，但客人的隊伍直到晚上還不曾間斷。將商品提供給最後一位客人後，已經差不多是深夜時分了。

「你今天也辛苦嘍，阿箱。」

一個熟悉的嗓音從背後傳來。拉蜜絲帶著笑容向我走近，然後站在我的身旁。

在這樣的半夜看到她現身，平常會感到吃驚的我，今天並沒有特別的感覺。這是有原因的。

因為拉蜜絲一直都在。今天一整天，她都待在我的附近。

雖然上廁所的時候還是得離開，但除此之外的時間，她最遠不會移動到距離我五公尺以外的地方。而現在，她是整個人被睡袋包裹住，只有一張臉露出來的狀態，看起來就像整條褐色的鱈魚卵上頭生了一張人臉。這樣的她，帶著一張笑容滿面的表情。

我被綁架一事，似乎讓拉蜜絲受到不小的刺激。因此，打算今天絕不和我分開的她，最後決定睡在外頭。雖然休爾米和姆納咪也曾開口勸阻，但她怎樣都不肯妥協，所以就變成這樣了。

拉蜜絲這個決定好像也讓熊會長有點擔心。今晚，獵人協會的入口出現了之前不曾看過的守衛，替我們高度警戒周遭的動靜。

「阿箱，你應該也累壞了吧？要睡一下才行喔。」

「歡迎光臨。」

今天就到這裡吧。我關上機體的燈光。

看來，拉蜜絲大概暫時不會離開我的身邊了。這世上，應該不存在能讓人過度關心到這種程度的自動販賣機了吧？既然這樣，在拉蜜絲心滿意足之前，我就陪她一下好了。

「在睡著之前，可以跟你聊聊天嗎？」

當然嘍。如果不介意我只能當個聽眾的話，要聊多久我都奉陪。

聽著拉蜜絲開心的嗓音，我將視線移往遼闊的夜空。雖然這裡是看起來跟室外沒兩樣的迷宮內部，但星星這種東西似乎不存在。明明有太陽啊。

我眺望著不可思議、也無法用日本常識來判斷的這片迷宮夜景，深深感受到「啊啊，我回來了呢」的事實。

對我內心的想法一無所知的拉蜜絲，帶著滿面笑容不停和我說話。她的聲音乘著晚風，飄向很遠很遠的地方。

為妳獻上真心

我的視野劇烈地上下左右晃動。有時候，周遭的景色還會以極快的速度飛逝。

「阿箱，再過一會兒就是中午了，我們休息吧。」

拉蜜絲今天也精神百倍地進行著振興作業。她的聲音從很近的地方傳來。因為我就在她的背後，所以也是理所當然的事。不過，妳把我放下來也沒關係啊？

在我遭到綁架而平安歸來之後，拉蜜絲就一直守在我的身旁。過去，在進行作業時，她習慣將我放在地上，但現在，無論在何種狀況下，她都一直揹著我。除了她去上廁所的時間以外，我們幾乎整天都一起度過。

我是不討厭這樣啦，不過……她會不會太黏我了啊？

「你們的感情好到讓人有點不敢恭維耶。嗨，阿箱，你好嗎？」

輕輕舉起手朝我們走近的，是今天也披著一襲黑色長袍的休爾米。她看起來還是老樣子，毫不在意自己的穿著打扮。一頭凌亂的長髮也只是隨意紮在腦後。

遭到綁架、軟禁的時候，她看起來反而更乾淨體面耶。這是怎麼回事啊。

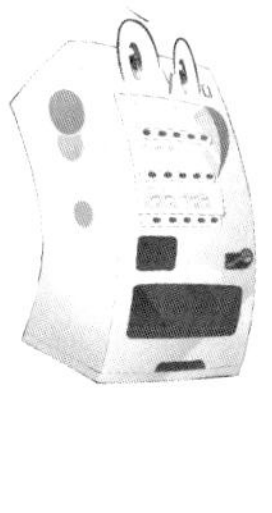

「啊，休爾米！妳身體怎麼樣了？還很疲勞嗎？」

「噢，跟平常相比，被軟禁的時候，老娘反而吃得比較好，所以現在超有活力吶。」

這兩人的感情似乎真的很好。每天，休爾米總會趁休息時間過來和拉蜜絲見面。

說到她們的關係，基本上，休爾米就像個充滿知性的大姊姊角色，拉蜜絲則是經常像母親那樣擔心休爾米的健康狀況。這樣的交情還挺有趣的。

「是說，進行振興作業的時候，妳好歹也把阿箱放下來吧？這樣不會礙手礙腳嗎？」

「完全不會啊。我的力氣太大了，要是沒有揹著像阿箱這麼重的東西，就會因為身子變得太輕，反而很難動作呢。」

唔～我想理由應該不只是這樣耶。看到她這麼擔心我是很令人開心啦，但感覺有點過度保護……或說是過度擔心了呢。想辦法改善一下，或許會比較好吧。

「可是啊，妳一直黏著阿箱，會讓其他客人不好意思跟它買東西耶。」

「啊，嗚～可是，如果跟阿箱分開，它說不定又會被綁架了。」

「經過這次的事件，阿箱以後也會提高警覺啦。對吧？」

「歡迎光臨。」

「唔……唔～既然阿箱這麼說的話……」

拉蜜絲不太情願地將我放在地上，看似不滿地微微鼓起腮幫子。這樣一來，我就能確保屬於自己的私人時光了。幹得好啊，休爾米。

老實說，因為拉蜜絲一直把我揹在背上，所以我的銷售額也大幅下滑了呢。看到一台在某人背後激烈搖晃的自動販賣機，還能鼓起勇氣投幣買東西的人，恐怕是少之又少。就連熟識的兩名守門人，也是先喚住拉蜜絲，讓她暫時停下動作後，才向我購買商品。

之後，拉蜜絲不時朝我所在的地方偷瞄，感覺完全沒把心思放在振興作業上。我有點擔心她會不會因此受傷呢。

我這邊的狀況則是相當順利。原本只是在一旁觀望、遲遲不敢掏錢買東西的客人，現在一下子聚集了過來。好～把之前少賺的都補回來吧。

到了中午時段，商品銷售量遠遠超出我的想像。在獵人協會外頭的既定位置坐陣的我，忙著補充暢銷品，開心到幾乎能讓商品因為我興奮的情緒而跟著升溫的程度。

傍晚的時候，拉蜜絲原本都會來購買我的商品，然後待在我的身旁享用，今天，她則是被善解人意的休爾米拉去姆納咪和旅館老闆娘開設的簡易食堂。

到了這個時間帶，比較不會有客人上門。在我難得自己一個人——不對，是自己一台享受悠閒時光的時候，有個低著頭的人朝這邊靠近了。

他是早上的熟客三人組之中的青年商人。臉上總是掛著爽朗至極的笑容，待人相當親切，所以熟客老夫婦對他的印象也很好。但現在的他，卻消沉到整個人散發出黑色氣場的程度。

「唉……真的會成功嗎？畢竟最近比以前更忙了啊。也沒有跟她搭話的契機……明天就是她的生日了耶……」

聽到他夾雜著嘆息的喃喃自語，我大概理解了。印象中，這個人很迷戀身為旅館看板娘的姆納咪呢。雖然想讓彼此的關係進一步發展，卻總是不順利，所以為此苦惱不已。戀愛方面的煩惱啊……雖然很想當他的商量對象，但我畢竟只能負責回話啊。

「唉……艾可薇小姐最近過度熱中於工作，真令人擔心。」

從青年商人對面的方向靠近的巨大身影，是一隻猩……不，是貨幣兌換商的助手哥凱。不同於外表，這個人的個性相當溫和。之前，看到因跌倒而哭泣的孩子自己爬起來時，他還露出溫柔的微笑稱讚「你很了不起喔，能夠自己站起來」。

「哎呀，你不是貨幣兌換商的哥凱先生嗎？」

「你好你好，前幾天受你照顧了。」

他們向彼此打招呼，看起來互相認識。因為是商人跟貨幣兌換商，就算有接觸交流的機會，或許也不奇怪吧。他們聊著無關緊要的天氣話題、做生意的近況和最近的八卦，看起來心不在焉，讓我有種在觀賞演技很差的表演的感覺。

這兩人不時將視線移往我的身上，似乎都想跟我買東西的樣子。就算有別人在，還是可以盡情購買自己想要的商品啊。有什麼不方便的理由嗎？

「歡迎光臨。」

「啊！你要不要喝點什麼？我請客。」

「不不不，因為我也受到阿箱先生諸多關照，所以讓我出錢吧。」

他們就這樣一直重複著「我請客」、「我出錢」的迴圈。一般情況下，這應該是上演「那我請客吧」、「請請請」這種搞笑段子的絕佳機會呢。

「那麼，這次由我請客。下次見面的時候再由你請客，這樣可以嗎？」

「我明白了。那這次就勞煩你破費了。」

青年商人一如往常地買了奶茶，哥凱則是選擇檸檬茶。兩者購買的都是熱飲。現在似乎是剛邁入冬天的季節，是正適合享用溫熱食物的時期呢。事到如今，大概也不用再質疑「迷宮裡頭有季節可言嗎」這種問題了。

「呼～～感覺心情好平靜啊。」

「阿箱先生提供的商品真的全都相當美味，讓人挑選的時候很傷腦筋呢。」

光是一起享用熱飲，感覺就讓這兩人稍微拉近了距離。他們的對話比方才更熱絡了。

「對了，這麼問或許很冒昧，不過……你看起來好像心事重重的樣子？」

「哎呀，讓你見笑了。其實……我正為了和女性交際的問題而煩惱呢。」

「原來是這樣啊。不嫌棄的話，可以說給我聽嗎？把煩惱說出口的話，多少會輕鬆一些。噢，對了！關於自己的上司艾可薇小姐，我最近也有些煩惱。如果你之後願意聽我說，我會很感激的。」

哥凱以「自己稍後也想找人傾吐煩惱」的發言，替青年商人塑造出能夠輕鬆開口的狀況。艾可薇小姐的個性比較嚴厲，感覺不適合談判交涉的任務，所以哥凱才會一直在身旁協助她吧。

「老實說，我正在單戀某位女性。最近，我得知她的生日快到了，因此想做點表示。不過，對她而言，我只是一個不太熟稔的客人。所以，就算親手送她禮物，也不知道她會不會覺得開心。」

「原來如此，這種問題確實很傷腦筋呢。畢竟，禮物這種東西，並不是愈高價的愈好。如果是跟自己走得很近的女性，倒還可以送珠寶或飾品，但若是店裡的熟客突然送這樣的禮物，有可能反而讓她提高心防。」

「確實是這樣呢。說來難為情，因為我總是忙著做生意，所以沒什麼戀愛經驗。遇到這種情況，實在無法歸納出最理想的答案。」

看起來一板一眼的這名青年，想必過著和戀愛情事無緣的生活吧。

在主角威能全開的故事或遊戲中，經常會出現比較好追的女性角色。選擇贈送比較昂貴的禮物時，她們一開始會表示「咦！我不能收這種東西」，但最後還是會收下，而好感度也會一口氣飆升。然而，姆納咪似乎已經習於應付這樣的狀況了，感覺她會面帶笑容地收下禮物，然後結束。

「這種情況下，選擇價格適中、一般女性都會喜歡的禮物，我想可能比較理想。」

「果然是這樣啊。我也是這麼想，所以才會來到這裡。你有聽說過阿箱先生會依照每個人的期望，將適合的新商品上架的傳聞嗎？」

「啊～我有聽說過呢。不只是商品，它甚至連外型都會跟著改變的樣子……在這裡偷偷跟你說，雪莉小姐經營的特種服務的店內，會使用某種避孕道具。據說那也是阿箱先生提供的商品喔。」

消息已經傳到哥凱那邊去了啊？感覺日後會成為某種都市傳說……不，應該是聚落傳說呢。

雖然，光是一台擁有自我意識的自動販賣機，就足以構成都市傳說了。

「凡事都有一試的價值。要不要拜託阿箱先生看看？我也很有興趣呢。」

「說得也是。就抱持死馬當活馬醫的心情試試吧。阿箱先生，請問你有聽到我們剛才的對話嗎？」

「歡迎光臨。」

「這樣就好說了。請問有沒有適合送給女性當生日禮物的商品呢？」

剛才在一旁聽他們對話的同時，我就一直在思考了。是有想到某個商品。

因為目前正在實施振興計畫，所以聚落顯得熱鬧非凡。這樣雖然很好，不過，該怎麼說呢……大家好像都沒有時間喘口氣。雖然必要的物資還算充足，但相當缺乏休閒娛樂。感覺光是為了過生活，大家就已經精疲力盡了。

對獵人或生意人來說，這或許是個理想的環境，但不得不說，對女性而言，目前的聚落實在不適合居住。既然這樣，我現在應該提供的新商品就是──

「它發光了……咦！外型也變得完全不一樣了呢。這是……花束？」

「這還真是五彩豔麗的花朵啊。這個階層多半都是濕地區域，所以我還不曾目睹過如此動人的花卉呢。」

沒錯，我現在是花束的自動販賣機。機體有一大半都變成透明玻璃的設計，內部則是被分成幾個區域，分別放上不同的花束商品。因為只能放我曾經買過的花卉，所以種類只有在母親節時購買的康乃馨、玫瑰、掃墓時會買的祭拜用花束和百合花。

順帶一提，我媽要買的時候，曾經叫我幫她付錢。這樣的購買經驗現在也派上用場了呢。

在振興作業積極進行的狀態下，放眼望去，聚落裡盡是一堆建材和瓦礫。我完全沒有看到花朵的印象。在這樣的環境中，如果能收到一束色彩繽紛的花，恐怕沒有女性會覺得反感……吧。

「原來如此，送花嗎……價錢也不會太貴。感覺很不錯呢！」

「我記得艾可薇小姐喜歡白色的花。我也來買一束吧。」

說著，兩人分別購入了自己相中的花束。青年商人選了祭拜用花束，哥凱則是買了白百合花束。

兩個大男人手持花束的模樣，看了讓人會心一笑呢。有這種想法的，應該不只有我吧？

看著手上的花束，兩人帶著既滿足又有些害羞的表情，向彼此道別後離開。希望他們倆都能順利送出禮物呢。我暫時多留意這方面的情報好了。

「阿箱，你知道嗎？」

在那之後，又過了幾天。冬天似乎要正式到來了，聚落的居民們都為了過冬準備而忙碌不已。我一如往常地待在既定位置上做生意時，拉蜜絲突然拋出了這樣的問題。

因為壓根不知道她打算說什麼，我回以一句「太可惜了」。

「那個啊，姆納咪跟旅館老闆娘，現在不是用帳棚經營著簡易食堂嗎？那裡現在超受女性歡迎的呢。你知道為什麼嗎？」

就算這樣問，我也……拉蜜絲透露的情報太少，我實在不知道該作何反應。一般來說，食堂會賺錢的理由，都是因為東西好吃。不過，「超受女性歡迎」這點，感覺讓人很在意呢。基於經營食堂的是兩名女性，所以不管是女性獵人或居民，都能夠自在地前往用餐——這點我之前倒是有聽說過。

這樣的話，就是食堂現在能提供更符合女性顧客需求的服務了嗎？好難猜啊。

「太可惜了。」

「你猜不到吧？其實啊，是因為姆納咪的食堂放了很漂亮的鮮花裝飾喲。因為那些花實在太美了，光是在一旁欣賞，就有種被療癒的感覺呢～」

喔～所以，自從那天起，青年商人才會三不五時跑過來跟我買花啊。看來他這麼做很值得嘍。對了，貨幣兌換商艾可薇小姐在前幾天出現時，原本總是嚴肅不已的表情，感覺也放鬆了一些。原來效果這麼好嗎？

不知道拉蜜絲喜不喜歡花？她剛才提起這件事時，看起來雙眼閃閃發光呢。

如果是這樣的話……也對呢，嗯。

「哇！你……你怎麼突然變換外型……咦！阿箱，原來那些花是你賣出去的商品啊？」

我套用花束販賣機模式，然後在取物口落下一束粉紅色的康乃馨。

「咦咦，這是要送我的嗎！謝謝你，阿箱。我會好好珍惜的！」

拉蜜絲將花束揣進懷中，開心地在原地轉了好幾圈。能看到她這麼高興的反應，送這個禮物也值得了呢。

妳知道嗎，拉蜜絲？粉紅色的康乃馨，花語是「感謝」的意思喔。

休爾米的魔法道具

「總之，你先在那裡坐下吧……啊，你不能坐嘛。抱歉、抱歉。」

返回聚落後，前來光顧的客人數量逐漸穩定下來，我也跟著重回一如往常的生活。在這麼想的下一刻，我就被休爾米綁架了。

不，說得正確一點，應該是我擅自被人搬運到休爾米暫時借用的帳棚裡頭。那個人就是拉蜜絲。

現在是天色已經完全轉暗的時間。聚落裡的居民，應該有八成都已經就寢了吧。

把我搬過來的那名主嫌，現在正擁著抱枕不停打盹，看起來隨時都會進入夢鄉呢。

「把你找過來沒有別的理由，純粹是因為老娘想再多研究你一下。不過，在這之前，得先想辦法好好了解你才行。老娘接下來會說一些用『是』或『不是』就能回答的提問，你放輕鬆回答吧。把它想成被綁架那時的一問一答延長賽就好了。」

原來是這樣啊。看到休爾米企圖更深入了解我，讓人打從心底開心呢。

好～妳儘管問吧。只要是回答得出來的問題，我全都會回答妳喔。

雖然我這樣鼓起幹勁，但休爾米接二連三提出來的，卻都是令人質疑「這種事有必要知道嗎」的疑問。

「你有痛覺嗎？五感呢？」

像這類的問題，我大概還能明白她其中的用意，然而，到了後半，休爾米的提問內容變得愈來愈奇怪了。

「你有戀人嗎？」

這個問的是我現在，還是生前的事情啊？如果是問現在的話，一台自動販賣機怎麼可能有戀人呢。

不過，因為我生前是個眼中只有自動販賣機，並為此散盡積蓄的男人，所以也不可能有戀人就是了。結論是，不管是前世或現在……答案都一樣嗎……

「太可惜了。」

「哦～原來沒有啊。是喔～～」

她為什麼笑得這麼開心啊？

難道說，因為強悍得像個男人婆，雖是個美女卻沒有戀人的休爾米，現在發現我跟她是同類，所以覺得很開心嗎？她或許湧現了同病相憐的感覺吧。

「那麼，那個啊……你跟拉蜜絲看起來感情很好，所以……你喜歡她嗎？」

因為我總是受到拉蜜絲照顧，如果要問我討厭還是喜歡她的話，答案當然是喜歡了。畢竟她的個性也很善良，要是沒有她，我連動都沒辦法動一下呢。

「歡迎光臨。」

「哦~是嗎？嗯，也對啦。拉蜜絲個性開朗，又很善良。雖然有點笨拙，但這種地方，反而會讓男人覺得更可愛吧。」

儘管是在誇獎她的兒時玩伴，但不知為何，休爾米看起來有點不滿。

「那個啊~嗯，雖然是不相關的問題啦，但老娘還是想當作參考問一下。阿箱，你的靈魂是男人的靈魂對吧？」

「歡迎光臨。」

雖然外觀是一台自動販賣機，但裡頭可寄宿著男兒魂呢。

「然後啊，呃……該說是參考用嗎……總之，不管是什麼樣的情報，多收集一點，總不會有壞處嘛。這也是老娘的處世原則之一。所以……在你看來，老娘是個有魅力的女人嗎？」

我能理解情報的重要性，不過，她為什麼看起來有點緊張，說話速度也變快了啊？

雖然我是一台自動販賣機，但對我提出這種問題，還是會讓她感到難為情嗎？

休爾米只是個性強勢了一點罷了。她其實是個很會照顧人的大姊姊，同時也是本性很善良的美女呢。這個問題的答案當然也不用說了。

「歡迎光臨。」

「喔……喔，這樣啊。就算只是奉承話，老娘也覺得很開心呢。謝啦，阿箱。」

休爾米雙頰泛紅，害臊地用手搔了搔鼻子。這樣的她，可愛到無法和平常的表情聯想在一起。我體內的機械彷彿要發出異常的動作音了。

如果她平常能多流露出這種表情，一定會更受男人歡迎呢。

「呃，還真是問了個不像自己會問的問題啊。畢竟，老娘很不擅長這方面的事情嘛。想說如果對象是阿箱的話，或許可以認真問這種問題而不會被取笑。抱歉喔。」

妳完全不需要跟我道歉啊。關於兩性交往，我雖然沒有什麼開心的回憶，但如果想找人傾吐煩惱或是商量，我都願意奉陪到底喔。雖然我無法確實提供意見就是了。

「好，那麼，回到剛才的正題吧。」

接著，休爾米恢復成平常的她，針對我的功能和體內貨幣的去向，一一打破砂鍋問到底。

順便補充一下，跟休爾米對話的時候，拉蜜絲已經去找周公下棋了。

在那之後，休爾米每天都會來跟我購買飲料和食物。

某天，她一如往常地過來買東西時，向我提出「在喝完飲料後，不要讓空瓶消失」的要求。

大概是想研究寶特瓶的材質吧。

因為沒有理由拒絕，所以我答應了她的要求。於是，休爾米露出開心的笑容，又說了一句「為了表達感謝，老娘會試著製作對你有幫助的道具」，然後就離開了。

對喔，休爾米是個很有名的魔法道具技師嘛。聽拉蜜絲說，休爾米發明過很多東西，也因此賺了不少錢的樣子。

親眼見識過她的洞察力和聰明才智之後，聽到拉蜜絲這麼說，我完全可以理解。這樣的她，要開發魔法道具來答謝我嗎？好期待啊。

又過了幾天後，休爾米以輕快的小跳步朝我靠近。

「阿箱，老娘把之前說的上等貨拿來嘍。」

雖然用詞有點詭異，但應該是她之前答應為我開發的魔法道具吧。

休爾米朝我遞出來的東西，長得很像以前流行過的某種蛋型掌上遊樂器。而且也是一隻手能夠握住的適中尺寸。

這是什麼啊？上頭還有著類似小型螢幕的設計，看起來更像掌上遊樂器了。

「這是能夠翻譯靈魂語言的魔法道具。考量到你是寄宿在魔法道具之中的人類靈魂這點，如果無法出聲說話，直接深入你的靈魂，聽你內心的說法就好了吧？所以，老娘開發了這樣的道具。」

如果她說的都是真的，那很厲害耶。可是，就算是魔法和加持能力等不可思議的力量存在的世界，應該也無法做到這種程度的事情吧。透過加持能力或許還有可能，但想用道具做點什麼，我覺得應該行不通。

「喔？阿箱，你該不會在懷疑吧？」

「歡迎光臨。」

「你真老實耶。老娘倒是不討厭這種個性喔。稍微跟你說明一下吧。在魔物之中，某些個體具備能夠看穿他人想法的加持能力。因難以對付而聞名的這種魔物，偶爾會落下一種暗紅色的寶石。然後呢，老娘就把那種寶石嵌入道具裡頭，然後在內部畫上能讓魔力增幅的魔法陣。順帶一提，魔法陣可不是隨便撇一撇就行了喔。不只是大小、樣式，甚至連顏色，都是息息相關的要素。這些都是最高機密，有很多魔法道具技師都企圖竊取這方面的資料。在不能透過文字記載相關法則和技術的情況下，老娘就把它們全都記在腦子裡嘍。」

提及魔法道具的話題時，休爾米總是一臉神采奕奕。對我的機體進行調查時也是如此。她真的很喜歡這方面的事情呢。

她或許正是「有熱情就能做到最好」這句話的見證者吧。

「抱歉，有點扯遠了。一聊到技術方面的話題，老娘總會停不下來吶。總之，只要有這個魔法道具，就能聽見你內心的聲音。這可是很不得了的東西喔。不過，因為只是試作品，所以現在也還在試用階段就是了。」

倘若這東西真的奏效，那就是相當驚人的發明了。可……可以聽到內心的聲音嗎……要是思考一些奇怪的事，可能就會被視為變態了呢。要心如止水、心如止水。啊，但這麼做的話，她就聽不到我內心的聲音了耶。

「所以，老娘能對你用這個東西嗎？畢竟，這可能會讓你不想被他人得知的心聲一起曝光嘛。所以嘍……」

唔……唔～雖然有點可怕，但透過這種方法跟他人對話的可能性，感覺更重要嘛。在變成一台自動販賣機之後，我的俗念也減少了很多，所以一定沒問題。

「歡迎光臨。」

「喔，沒問題是嗎？謝啦！那老娘馬上就來試試看。按下這個按鈕後，存在於四周的靈魂的聲音，就會從魔法道具中播放出來。那麼，要按嘍。」

休爾米看起來很緊張。我也緊張到整個身體都僵硬不已……不對，我的身體原本就很硬了啊。

休爾米以纖細的手指按下按鈕。這時候，如果我的內心湧現什麼想法，就會被轉化成話語了嗎？是說，我現在的這些想法，不會被播放出來嗎？

『啊～好想要女朋友喔。』

魔法道具以比我的嗓音更加無機質的合成語音說出這句話。

咦！不……不對，我沒有在想這種事情啊！

休爾米半瞇著眼望向我。不……不是啦。我沒有這麼想。為什麼一台自動販賣機會想要女朋友啦！

「阿箱，你意外是個庸俗的傢伙吶。」

「太可惜了。太可惜了。」

呃，連續說兩次，感覺自己好像是個令人遺憾的人一樣啊！

「你在幹嘛，阿箱？噢，休爾米也在啊。」

朝我們走近的，是把頭髮剃光，將一顆閃亮刺眼的光頭當作正字商標的卡利歐斯。

「喔，是你啊，負責守門的卡利歐斯。現在要去工作啦？」

「嗯。戈爾賽那傢伙，竟然不叫我起床就自己先走了。我現在才正要去大門那邊。阿箱，除了老樣子的東西以外，我今天還要多買一瓶能消除疲勞的水。」

能消除疲勞的水，應該就是指運動飲料吧。至於他所說的「老樣子」，則是加工洋芋片和關東煮罐頭的組合。

「謝謝惠顧。」

「喔。好啦，我要趕過去了，再見嘍。」

在卡利歐斯朝我們揮揮手，轉身朝大門走去的同時，魔法道具又出現反應了。

『明明臉蛋還不錯，胸部跟個性卻都只能用遺憾來形容啊。真是浪費。』

休爾米的表情變得愈來愈不悅了。

不不不，沒有啦！我完全沒有這麼想過！是說，剛才那絕對是卡利歐斯的心聲啊！

雖然我很想大力主張自身的清白，卻無法開口說話！

完全誤會的休爾米，以半瞇著眼的狀態繼續瞪著我看。慘了，我得設法讓她明白犯人是卡利歐斯才行。

我在取物口落下一罐果汁，對準卡利歐斯所在的方向，透過〈結界〉將果汁罐彈飛出去。

雖然果汁罐沒能砸中卡利歐斯，但還是成功滾落他的腳邊。察覺到這一點之後，卡利歐斯把果汁罐撿回來還給我。

「喂，阿箱。你的商品怎麼飛過來啦？我幫你放在這邊喔。」

「謝謝惠顧。」

這樣一來，希望休爾米可以察覺剛才那句話是卡利歐斯的心聲。

『屁股倒是挺有魅力的。』

「咦！」

聽到來自魔法道具的語音，卡利歐斯發出吃驚的聲音。

原本一直瞪著我的休爾米，現在緩緩轉頭望向卡利歐斯，對他投以彷彿能射殺人的視線。

「呃……咦，怎……怎麼？」

無法掌握現況的卡利歐斯，看起來一副手足無措的樣子，太陽穴也滲出冷汗。

「哦～～～原來你覺得老娘的胸部跟個性，都只能用遺憾來形容是嗎？這樣啊～～～～～～～」

好……好可怕。說話嗓音變得低沉又有魄力的休爾米，露出瞇起雙眼微笑的表情。然而，眼皮之間微微可見的一雙眸子，卻透出冰冷無比的視線。

「妳……妳怎麼會……知道我在想什麼……啊！」

你說錯話嘍，卡利歐斯。怎麼自己承認了呢。

雖然還是無法理解現況，但他或許確實感受到生命危險了吧。卡利歐斯刻意用力拍了一下手，表示「對喔，我要去工作了」，然後就一溜煙逃之夭夭。

「那個混蛋……抱歉喔，阿箱。老娘誤會你了。總之，這東西就是這樣使用。」

「歡迎光臨。」

看來我得救了。不過，冷靜下來想想，這個魔法道具真的不簡單耶。不知為何，它沒能讀取我內心的聲音，但卻完全捕捉到卡利歐斯強烈的想法……或說是慾望吧。

「雖然還是聽不到你的心聲，但在『讀取人心』這方面，大概算是成功了吧。看樣子，這東西有改良的餘地呢。」

完成品實在讓人期待又害怕呢。若內心的聲音被讀取，感覺就會發生剛才那種慘劇嘛。

「那麼，老娘會再試一下——」

『剛才那句「屁股挺有魅力」，原來不是阿箱說的嗎？哦～嘖！』

嗯？咦？魔法道具剛才說的話是……

「呃？咦咦咦！嗚……嗚哇啊啊啊！」

一下子變得滿臉通紅的休爾米，一把將魔法道具摔在地上。在我還來不及出聲阻止的時候，她就使勁將它踩個粉碎。

休……休爾米小姐？

「啊……噢，這玩意兒果然故障了吶。老娘會從頭再做一個新的。啊哈哈哈哈，再見！」

語畢，休爾米便轉過身，以不會輸給卡利歐斯的速度奔向遠方。一瞬間瞄到的那張側臉，似乎仍是紅通通的。

雖然今天是雞飛狗跳的一天，但能看到休爾米各種令人意外的一面，感覺還滿值得呢。就這麼想吧。

順帶一提，在那之後，休爾米雖嘗試再次製作同樣的東西，但能夠讀取人心的魔法道具似乎再也沒有被製作出來。

震驚

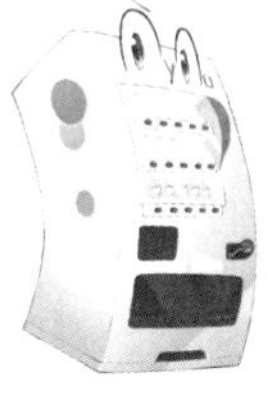

這個房間裡設置了四座壁掛式燭台。

昏暗的室內正中央有一張巨大的圓桌，十三個人影圍繞著這張桌子坐在一起。

在無人開口的靜默狀態下，一名女子俐落地起身。

「感謝各位今天齊聚在這裡。現在開始召開定期會議。而這次的議題，當然就是──『那個』。」

聽到這個暗指某種可疑對象的代名詞，眾人紛紛譁然。

「沒想到他們的魔爪竟然伸到這裡來了。」

「是啊，我們太掉以輕心了。」

「要是不趕快擬定對策，可會在一瞬間遭到全滅吶。」

與會者接二連三地道出騷然不安的感想，現場還能聽見悲痛的呻吟。

在微弱的燭光照耀下，所有人的臉龐看來都憔悴不已，沒有半點活力。

「請保持肅靜。我整理了目前所知的情報……麻煩妳了。」

在這名女子的指示下，坐在她身旁那名穿著圍裙、看似女僕的女子接著起身，翻開手中的資料開口：

「目前開放的迷宮內部階層，已經有七成被『那個』的勢力占據了。現在，他們甚至還打算將觸角延伸到我們這裡。這一刻，我們務必要團結一致，努力排除『那個』才行。所以，我們這次邀請了等同於最終王牌的某位人物一同與會。能請你說句話嗎？」

「歡迎光臨。」

在清流之湖階層的聚落經營餐飲業的業者，今天召開了這場聯合會議。而被強制參加會議的我，能說的只有這句話。

像這樣的會議，每年都會在三個固定的日期舉辦。雖然也會討論一些嚴肅的話題，但基本上都是彼此交換一下情報之後，就開始進入閒聊時間。

然而，今天是臨時召開的緊急會議，所有人的表情看起來也都很緊繃。光是看著他們，就能感受到一種走投無路的焦慮。老實說，我覺得快窒息了。

「阿箱先生。如果有什麼意見，歡迎你隨時開口。」

被姆納咪加上「先生」這種敬稱，感覺不太舒服耶。她是能徹底融入自己扮演的角色的那種人嗎？總覺得她在試圖當一名優秀的執行祕書呢。

「繼續方才的話題。目前，本聚落有相當多的人口湧入。原本只有一百人左右的居民，現在據說成長到將近五百人。」

「畢竟聚落最近變得很熱鬧了嘛～」

「這原本應該是值得慶幸的事啊……」

因為要實施振興計畫，聚落裡的人手一直都很不足。在冬天真正到來之前，大家希望至少能把外牆弄得更堅固完整，所以這陣子進出聚落的人數更多了。最後，總算是勉強完成了能夠防禦外敵入侵的木樁圍牆，居民們也為此鬆了一口氣。

「對餐飲業來說，居民人數增加，是令人再高興不過的事情。然而……因為那件事，他們卻展開行動了。以稱霸迷宮中所有美食為目的，最強大、同時也是最惡劣的食堂──鎖鏈食堂！」

「可惡！因為那些傢伙不在這個地方，所以我還以為能好好賺一筆的吶！」

「像我原本是在其他階層做生意，但那些人卻把聚落對食物的需求全都搶過去了！」

看著這些店長化身為悲劇主角而大呼小叫的光景，我在心中整理相關的前因後果。

意思是，這座迷宮的各個階層，都有人口密集的聚落。然後，有個大企業在這些地方不斷展店是嗎？也就是迷宮連鎖店？

過去，這個聚落只有一百人左右的居民。對方或許是判斷這樣的人口無法帶來太多利益，所

震驚

以沒有將觸角伸及這裡。但看到最近人口增加的狀態，判斷現在是大撈一筆的好時機了嗎？

而這間知名連鎖企業的名稱，似乎就是鎖鏈食堂。據說，他們的店鋪規模大到看起來不像是餐飲店，除了現做的餐點之外，連能夠長久保存的加工食品，或是隨身攜帶的乾糧，都一應俱全。他們主打的，好像就是「網羅各種食物的鎖鏈食堂」這樣的口號。

鎖鏈食堂會跟農家簽約，直接向他們購買農作物。因為少了中盤商，他們得以提供物美價廉的餐點。另外，鎖鏈食堂也有和經營傳送陣的業者合作，可以用相當低廉的價位使用傳送陣，所以也不需要在搬運食材方面花費過多成本。從價格和品質來看，都不是一般餐飲店能夠匹敵的程度。

只要是鎖鏈食堂開設了分店的聚落，其他的餐飲店必定會陷入被徹底打壓的惡劣狀況。

這也是現代日本很常見的事情呢。在某個地方出現大型店鋪後，原有的商店街店鋪和小型店家一間接一間倒閉，最後，商店街成了鐵捲門街。這樣的例子並不罕見。

「那些傢伙想必是鎖定了這個時期出手吧。即將邁入冬天，因為食材價格高漲，讓我們為了變更售價而傷透腦筋的這個時期。他們持有大量能夠維持食材新鮮度的魔法道具，即使到了冬天，也能一如往常地供應餐點的樣子。」

大概是類似大型冰箱的東西吧？

這裡的餐飲店，有八成都是採露天經營模式，所以不可能有大冰箱。如果批不到食材，店家就得休息一天，這也是很理所當然的事。

「他們似乎也有介入傳送陣的營運。相關費用明顯調漲了很多，食材流通也因此受阻。我們確實已經陷入走投無路的狀況了。」

「可惡～我們就只能這樣被單方面打壓嗎！」

「我還有可愛的孩子要養吶。該怎麼熬過這個冬天才好！」

店長們悲憤交加地用手捶桌的悔恨模樣——看起來超級做作。我有發現你們不時朝我這裡偷瞄喔～

自己被叫來這裡、又見識到這齣搞笑劇的理由，我現在大概理解了。他們希望我能提供用以突破現狀的對策。

真要說的話，站在自動販賣機的立場來看，無論知名連鎖店要不要過來展店，其實都對我沒有什麼影響。因為我可以二十四小時營業，又能提供一些鎖鏈食堂無法提供的商品。諸如泡麵的冷凍乾燥製法，我覺得就不是異世界的人能夠實現的加工方式呢。

不過，這裡的居民都很中意我。而且，要是哪天我徹底故障，無法再次使用的時候，我希望拉蜜絲可以繼續在這裡保有她的容身之處。基於以上的理由，對這些居民親切一點感覺也不是什麼壞事。

另外，在學生時期，我很喜歡由一對老夫婦經營的某間小店。最後，那間店同樣因為敵不過

震驚

大型店鋪而關門了。如果能在異世界為這段苦澀的回憶做出反擊，或許也不賴呢。

「所以，能否請阿箱先生協助我們呢！……如果你願意幫忙，旅館興建完成之後，我們可以讓拉蜜絲的住宿費用減半喔。」

聽到姆納咪壓低音量的後半段話，如果我還擁有人類的肉身，想必會做出反應吧。唔～就算不端出這種條件，我也打算幫忙就是了。現在又聽到這麼做對拉蜜絲有好處的話，就更沒有理由拒絕。

「歡迎光臨。」

「謝謝你，阿箱先生！」

「喔喔！阿箱願意協助我們的話，就等於多了一百個人……不對，是一百箱的力量吶！」

「這樣的話，說不定真的有救了！」

大家這麼興奮是很好啦，不過，感覺我肩負的責任很重大呢。看他們開心到一副已經戰勝敵營的樣子，要是我完全幫不上忙的話，這些人又打算怎麼辦啊？

雖然很想嘆一口氣，但這麼做也只會讓自己說出既定的台詞，所以我還是忍住了。

「這裡就是鎖鏈食堂啊。我之前也聽過傳聞，真的很壯觀呢。」

「果然還是展店到這個階層來了嗎？」

和拉蜜絲、休爾米一起來偵察敵情的我，現在佇立在鎖鏈食堂的店外。雖然還不至於到購物中心那樣的規模，但就我在這個異世界看到的建築物而言，鎖鏈食堂可說是僅次於獵人協會的大型建築。

天花板呈現像巨蛋那樣的半圓形設計，看起來只有一層樓。是把木材彎曲後當成框架，並排著嵌進地面而成的圓形店鋪嗎？這樣的設計，在異世界感覺很獨樹一格呢。

入口大門相當巨大。披著鮮黃色上衣、看似店員的人物正為了吸引客人上門而大聲吆喝。

「歡迎、歡迎。網羅各種食物、味美價廉又方便、大家都知道的鎖鏈食堂！鎖鏈食堂！作為開幕紀念，所有品項現在都以半價、半價提供喔！」

該怎麼說呢，有種好令人懷念的感覺喔。雖然這是日本很常見的光景，但在異世界似乎很罕見。因為好奇而踏進店裡的人潮，也一直是絡繹不絕的狀態。

生意相當好呢。或許是高知名度和實際績效的影響吧。我能理解剛來到這個聚落的人，會選擇到鎖鏈食堂用餐，而不是去其他小型店鋪的心情。

「哎呀哎呀哎呀。妳好妳好妳好。是來視察敵情的嗎？」

原本在招攬客人的瘦弱男子，搓著雙手朝我們走過來。臉上那張營業用笑容，看起來虛偽不已。

「你……你怎麼知道我們是來視察敵情的呀！」

震驚

「拉蜜絲……妳的背後、背後。」

休爾米以手扶額，看似疲倦地搖了搖頭。

背上揹著我的話，不管是誰，八成都看得出我們的來意吧。她沒有自己很引人注目的自覺嗎？

「那就是阿箱嗎？傳聞中擁有自我意識的魔法道具。我們的社長也很在意它呢。怎麼樣，要不要來我們這邊工作呢？我可以向你保證豐厚的待遇喔。」

竟然想挖角我嗎？儘管臉上帶著笑容，但這個人的眼神看起來很認真，不像是在開玩笑呢。

對他們而言，我是企業發展路上最大的阻礙。所以，才想乾脆籠絡我加入他們的陣營嗎？

「阿箱才不會在你們這裡工作呢。他要一直跟我在一起。對吧，阿箱？」

「歡迎光臨。」

「看吧～」

不知為何，拉蜜絲一臉得意地挺起胸膛。老實說，畢竟都轉生到異世界了，所以我對一般的穩定職場沒什麼興趣呢。更何況，如果在這裡工作，感覺我就和被設置在超市裡頭的自動販賣機沒兩樣了。

「那可真是遺憾吶。不過，反正過了幾個月之後，你大概就會來拜託我們僱用自己了。那麼，我還有很多事要忙，就先失陪了。」

是你自己靠過來跟我們搭話的耶。這個人是怎麼回事啊。
因為有點掃興，我還以為拉蜜絲和休爾米會直接打道回府。不過，她們或許覺得不能什麼都不做，所以還是揹著我踏進店裡。
這棟建築物的正面十分寬敞，就算揹著自動販賣機入內也不會有問題。店內沒有另外設置隔間，是個相當開闊的空間。右邊看起來是物品販售區，專門提供肉乾或能夠久放的食物，感覺是主打獵人的市場。
從中間延伸到左邊的L型櫃台，在那後方設置了廚房。應該是在櫃台點餐，然後取餐的設計吧。
另外，還有等距設置的長桌和椅子。是那個吧，類似百貨公司美食街的系統。
拉蜜絲點了加了肉類和黃綠色蔬菜的義大利麵，休爾米則是選了麵包和類似香煎白肉魚排的餐點。
兩者看起來都很美味，但好像跟一般食堂販賣的食物差不多，並沒有什麼特別之處。
「嗯～算普通好吃吧。」
「嗯，就跟想像中的味道差不多。」
她們沒有表現出特別感動的反應，只是淡淡吃著自己的餐點。我沒有味覺，所以無法比較食物的滋味，實在令人很扼腕。但看起來應該算好吃吧。話雖如此，我卻完全感受不到這兩人享用食物的喜悅。吃我的商品的時候，她們看起來明明都很開心啊。

「是很好吃啦，但該怎麼說呢……就很普通。」

「或許是因為吃習慣阿箱提供的食物了吧。好吃是好吃，但不會讓人特別吃驚或感動。」

原來如此啊。就是連鎖店很常見的「超過一定水準的滋味」吧。

為了迎合大眾的喜好，不做過於極端的調味。他們追求的不是一百分，而是七十分以上的味道。這並不是一件壞事。因為所有分店的口味都必須統一，所以他們無法進行過於複雜又太花時間的調味工作。而且，基於售價低廉這樣的賣點，材料費也相當有限。

另外，調味料在這裡是很貴重的東西，因此，這個世界似乎以鹽味和清淡的調味為基本。

我或許可以瞄準這個破綻進攻。

菜單好像也是主打基本款嗎？嗯嗯，我好像找到攻略的線索了。

打倒鎖鏈食堂！

「那麼，第二屆『打倒鎖鏈食堂之殲滅大集會』開始！」

「唔喔喔喔喔喔！」

面對男人們鬥志激昂的表現，跟不上的女性店長們難為情地舉起拳頭的模樣，感覺有點萌呢。

今天，參加集會的成員也都跟上次一樣。會議主持人已經確定每次都由姆納咪擔任了嗎？

這次的集會地點，選在旅館老闆娘暫時作為營業據點的帳棚裡。因為桌椅幾乎都被移到靠牆處了，所以裡頭還挺寬敞的。

「今天的會議，要來討論用以對抗鎖鏈食堂的新菜單內容。之前已經事先通知過各位，所以，大家今天應該都有準備試吃品吧？那麼，先由我們開始。」

說著，姆納咪將試吃品放到圓桌上頭，讓其他店長品嚐，再互相交換意見。試吃過所有人新開發的餐點後，老實說，每一道似乎都乏善可陳。

感覺大家只是把現有的餐點稍做變化而已。雖然我沒有味覺，但從別人試吃的反應看來，恐怕都不太理想。

「那麼，今天也前來與會的阿箱先生。你有沒有什麼建議呢？例如，你覺得我準備的試吃品味道如何？」

端到我面前的餐點，看起來是澆上了濃湯的義大利麵。感覺有點像白醬義大利麵，不過，它的醬汁不是白色，而是黃色的。

「呃……阿箱好像很困擾的樣子。讓我跟休爾米來嚐味道，然後再說出感想，會不會比較有幫助？」

「歡迎光臨。」

啊，對喔。拉蜜絲跟休爾米今天也以特別來賓的身分，參與了這場會議呢。好像是因為大家想聽聽客戶端的意見吧。

能代替我品嚐的話，等於是幫了我一個大忙吶。

「阿箱答應了呢。我可以吃吃看嗎，姆納咪？」

「嗯嗯，那就拜託妳了。也要麻煩妳嘍，休爾米。」

「雖然老娘對自己的味覺沒什麼自信啦……」

說著，兩人將黃色的濃湯義大利麵送進口中，默默咀嚼了幾下，然後擦了擦嘴。

「嗯，我覺得很好吃。只是味道好像淡了一點？應該是用動物熬煮的高湯，再用蔬菜製造勾芡的效果？我想，如果滋味再濃郁一些的話，吸附了湯汁的麵會變得更美味呢。」

「確實如此吶。老娘覺得麵可以煮得再硬一點。這樣一來，它就能吸收更多湯汁，感覺也會變得更順口。」

這兩人的意見都好精闢喔。拉蜜絲似乎原本廚藝就不錯。休爾米也曾得意洋洋地表示「拉蜜絲做出來的餐點，滋味和一流的廚師不相上下」，看來這不是在騙人。而從小時候就開始吃這種東西的休爾米，想必嘴巴也被養刁了吧。

「等……等等，讓我做一下筆記。呃……那阿箱有什麼想說的嗎？」

因為有些手忙腳亂，姆納咪又變回原來的她了。我的意見……除了她們倆提出來的改善點以外的意見嗎？啊～說到奶味濃郁的義大利麵，這款白醬義大利麵系列如何？

雖然也有直接裝在罐頭裡的濃湯義大利麵，但基於必須長時間浸泡在湯汁裡的前提，這種罐頭會採用跟一般不太一樣的麵，所以可能無法當成參考對象。

因此，我選擇在取物口落下的義大利麵，是設置在渡輪內部的特殊自動販賣機所提供的商品。這種商品是以殺菌袋將湯汁跟義大利麵分開包裝，由消費者自行開封，再將湯汁澆在義大利麵上頭。雖然不如罐頭型的商品方便，但我記得吃起來的味道相當不錯。

「唔哇！麵跟一個袋子？呃……這個袋子摸起來是熱的，應該要把它打開吧？這裡畫著剪刀的圖案，那就從這裡剪開，再倒進麵裡……是白色的醬汁，還有菇類跟煙燻肉嗎？我嚐嚐看……嗯咕，好好吃喔！滋味很濃郁，口感也很濃稠。這裡頭加了動物的奶吧？嗯嗯嗯，這樣的話……」

姆納咪捧著筆記走向廚房。看樣子，這款義大利麵應該是個不錯的參考。

目送她離開後，其他餐飲店業者一下子擠了過來，接二連三地朝拉蜜絲和休爾米端出試吃品。

針對經營油炸物路邊攤的店長，我提供炸雞塊和炸薯條供作參考。

以親手熬煮的熱湯自豪的店長，我則是讓他品嚐了豬肉味噌湯、蜆湯和普通的味噌湯。雖然這個世界好像沒有味噌，但看店長猛點頭的樣子，應該是靈感被激發出來了吧。

至於供應甜點的雙胞胎姊妹花，我祭出某種裝在透明玻璃瓶裡的可麗餅。這是我以前在鹿兒島吃到的東西。由自動販賣機提供的這款可麗餅，在當地似乎也相當有名，不但種類豐富，滋味也好得沒話說。

這款可麗餅在女性陣營中廣受好評。在性感嫵媚的雪莉小姐的店裡工作的那些女性，應該都會很喜歡才是。如果在那附近經營路邊攤，或許能夠大賺一筆。

就這樣，各家店鋪依照自己擅長的料理類別，輪流端出試吃品。在聽完拉蜜絲和休爾米的建議後，各自寫下筆記，為了開發新菜色而在現場進行各種嘗試。那麼，接下來就是做生意的時間啦。

「咦，阿箱的外型又改變了耶。這是蛋嗎？」

沒錯，我這次變形成專賣雞蛋的自動販賣機了。其實，雞蛋的自動販賣機意外普及呢。在日本各地，經常都能看到它的蹤影。

因為食材的流通不太順利，我提供的雞蛋以怒濤之勢不停售出。之後，我又變形成部分地區常見的蔬菜自動販賣機，結果再次引來店長們你推我擠的瘋狂搶購。

基於牛奶是製作濃湯義大利麵和可麗餅的必需品，我同樣也會將它上架販賣。然而，我從未看過販賣生肉的自動販賣機，所以肉類我就無能為力了。應該是因為會牽扯到食品衛生法，所以日本才看不到這樣的自動販賣機吧。只能請獵人們加把勁供應肉類了。至於定價，我設定在相當佛心的價位。像這樣販賣食材的服務，廣受餐飲店業者好評，他們甚至懇求我每週保留一段販賣食材的時間，就算只有冬天這麼做也無所謂。我最後也答應了這樣的懇求。

在那之後，又過了三天。今天是各家餐飲業者約好一起重新開幕的日子。

從今天開始，在餐飲店的營業時間，我會避免提供食物類的商品，藉此協助提高他們的業績。另外，我還特地挑選跟大家的新菜色比較搭的飲料上架販賣。

這場勝負，會在鎖鏈食堂舉辦開幕優惠活動的這一個月內定輸贏。在這段期間內，為了避免客人流失，我們必須緊緊抓住他們的胃。

一旦判斷某處的營收不夠理想，就會馬上關閉分店，是鎖鏈食堂有名的作風。因此，如果開幕優惠活動無法締造亮眼的成績，他們很可能會放棄來清流之湖階層展店的計畫。

能做的都做了，現在只能靜待結果出爐。我讓拉蜜絲把我放在能夠清楚看見每間店鋪的位置，今天就好好來觀察一下吧。

上午，所有店鋪都忙著做準備。到了正午，便同時開店營業。

「本店從今天開始推出新菜色！最受年輕人好評的酥炸啾嘰麻！歡迎大家試吃！」

「將肉類精華全數濃縮在一起的極致美味。只有這裡才嚐得到喔～」

「享用過重口味的大餐後，要不要來點口感甜蜜溫和的可愛點心呢～包在裡頭的水果可以自由搭配喲～」

經營路邊攤的店長們開始大聲叫賣。

鎖鏈食堂開幕過了兩個星期的現在，客人大概都已經上門品嚐過比較獨特的菜色。在這樣的時間點，路邊攤突然推出了讓人耳目一新的商品。

會出現在路邊攤上的，多半都是會令人上癮的垃圾食物。這些食物包含的營養素通常不夠均衡，熱量也高得嚇人，不過，跟現代日本相比，這個世界的人每天會消耗的熱量高出許多。

更何況，在「到了冬天，沒蔬菜可吃是理所當然的事」的這個世界，檢討熱量或營養價值的多寡，根本是錯誤的觀念。到了這個時期，只要是加入蔬菜的餐點，售價就會比較高。就算向客人說明「考慮到營養均衡的問題，我們在餐點裡加入了蔬菜，所以價格比較貴一點」，也無法吸引他們上門。不過，換成販售漢堡的路邊攤，即使只是在漢堡裡挾了一層生菜，也會讓客人產生物美價廉的印象，而讚不絕口。

為了展現出每家路邊攤獨自的特色，我在給予建議時，有盡量避免讓他們的餐點重複。現在，賣得最好的似乎是炸雞塊。接著是漢堡，以及類似章魚燒的東西。因為這個世界沒有章魚，所以店長似乎改放肉類進去。章魚燒的醬汁則是我提供的。販賣章魚燒醬汁的自動販賣機並不罕見，我生前也買過好幾次。

因為擺攤地點就在獵人協會外頭的廣場，達成任務而領到酬勞的獵人們，可以馬上在此消費——這樣的地理條件，也間接拉抬了銷售業績。鎖鏈食堂需要廣泛的占地面積，所以只能在距離獵人協會稍遠的地點展店。在寒冷的冬天，就算只是走到鎖鏈食堂的這段路，就足夠讓多數人感到舉步維艱了。

而且，來自路邊攤熟食的蒸氣，以及誘發食慾的香味。想抵抗這樣的誘惑必定相當困難。這些新菜色都已經通過拉蜜絲和休爾米的味蕾認證，可說是充滿自信的成品。所以，店長們看起來個個都是胸有成竹的模樣。

「咦，這是什麼？」

站在路邊攤旁享用食物的一名獵人，接下店長遞過來的一張名片大小的卡片後，不解地這麼問道。

「只要在這裡消費一次，我們就會幫你在這張卡片上蓋一個印花。集滿所有印花後，下次在合作店鋪買東西，就有一枚銀幣的折扣喔。」

「哦～感覺很有趣耶。其他店家也能使用這張卡片嗎？」

「是的。只要是外頭有畫上這張卡片圖樣的店鋪，不管是哪裡的店，全都能夠通用喔。」

這正是我的妙計之二——集點卡模式。至於店長口中的「合作店鋪」，當然就是指參加那場會議的成員們經營的各家餐飲店了。

而他們為什麼會想到集點卡這種東西呢？其實關鍵還是在於我。現在，可以插入卡片累積點數的自動販賣機，已經不再罕見了。

因為有廠商採用這樣的銷售方式，我曾在買東西時一併得到了集點卡，所以現在得以套用這樣的功能。我實際在取物口落下一張集點卡，並讓他們理解這個東西的功用。

雖然店長們一開始完全摸不著頭緒，但休爾米很快就搞懂了集點卡的用法，然後向他們說明。她敏銳的洞察力真的幫了大忙。

透過我的皮毛知識，以及拉蜜絲和休爾米的建議，清流之湖階層的餐飲店在群起奮戰後，感覺占了相當大的優勢。儘管目前還是靠著新鮮感來吸引客人上門，但現階段這樣就夠了。只要能在短期內占上風，鎖鏈食堂就會安分撤退。

中午時段，我方呈現壓倒性的優勢。印象最深刻的，是鎖鏈食堂那名負責招攬客人的店員，在過來探查敵情時，還用相當不甘心的眼神瞅著我呢。

到了夜晚，氣溫一下子降低許多，路邊攤幾乎都早早收攤了。但因為白天有特別替集點卡的合作店家做宣傳，所以旅館的簡易食堂，以及能使用集點卡的店鋪，仍湧入了為數不少的客人。

不同於白天時段的菜單，到了夜晚，店家提供的是使用大量蔬菜，而且價格低廉的熱湯和熱炒。年長者、女性和白天享用了大魚大肉的客人，都十分捧場。

當然，他們能夠以低價提供這樣的餐點，是因為我把食材售價設定在接近成本的數字。不過，就算這樣，我的點數也沒有虧損。要是鎖鏈食堂撤店了，我就等於是在為自己的競爭對手雪中送炭了。不過，我認為這樣也沒關係。

拉蜜絲似乎希望自己能以獵人的身分活躍。現在，她雖然把聚落振興視為最優先的任務，但等到冬天過去，她應該會想重返獵人的行列吧。既然這樣，讓這個聚落的飲食供給穩定下來，才能吸引人潮聚集，聚落也會因此變得更熱鬧。

再說，拉蜜絲總有過度顧慮我的傾向。若是發現聚落相當需要我的存在，她恐怕也很難隨心所欲地行動。我想突破這樣的現況。

總之，雖然各方面思考了很多，但我的真心話是……難得都轉生到異世界來了，我想多到其他地方去看看，更進一步地享受這個世界的點點滴滴呢。

喔，有客人上門了。我得先做好自動販賣機的工作再說。

「歡迎光……臨。」

「嗨，阿箱。你們好像在做什麼很開心的事？我們稍微來個男人之間的……你是男人對吧？不過，這個現在怎麼樣都無所謂了。我有事情想跟你商量一下。」

看到凱利歐爾團長臉上那個一如往常的輕浮表情，我的內心因不祥預感而警鈴大作。

遠征與臨機應變

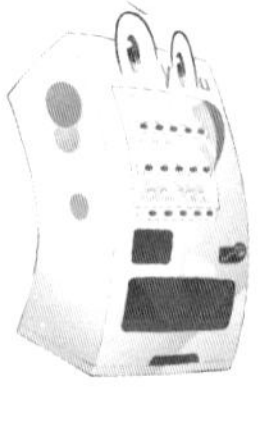

「你願不願意跟我們一起去遠征？可以等到冬天結束後再出發。」

聽到凱利歐爾團長唐突的提議，我不假思索地出聲回答。

「太可惜了。」

他的要求一如我的預測，所以也沒什麼好猶豫的。

倘若我要參加，拉蜜絲勢必也得同行。這可不是我能夠擅自決定的事情。就交由拉蜜絲判斷吧。

「你還是老樣子，想都不想就回答我了耶，阿箱。嗳，我是不是被你討厭了啊？」

「歡迎光臨。」

「你啊……面對自己的熟客，你的態度應該要更親切一點吧？而且，雖然我沒有邀功的意思，不過，熊會長說要組隊去救你的時候，我可是很積極地毛遂自薦了呢～阿箱，我這麼說不是要賣你人情，但是啊，為了救你，我們有團員因此受傷了呢～雖然也不是因為這樣，就可以要求你回報啦，可是～」

的確，我欠了團長……或說是欠了愚者的奇行團全員一份人情。儘管對這一點心知肚明，但全身上下都散發出一種可疑氣質的凱利歐爾團長，實在讓我不知該如何應付。雖然只是我個人的臆測，但我覺得他是個會笑著背叛別人的人物呢。

儘管如此，他的說詞也還是很有道理。據說，正因為有愚者的奇行團出手相助，當初才能三兩下就殲滅那個盜賊團呢。

「歡迎光臨。」

「喔，你打算稍微對我卸下心防了嗎？不過，畢竟也得先問過拉蜜絲的意見才行吶。在融雪之前還有一段時間。你就慢慢考慮吧。」

語畢，凱利歐爾團長便離開了。這樣的話，我再怎麼煩惱也無濟於事吧。重點在於拉蜜絲打算怎麼做。

呃，現在應該專注在打倒鎖鏈食堂的計畫上才對。因為夜深了，各大店舖也紛紛打烊。跟前陣子相比，我覺得每間店應該都湧入了超過三倍的人潮，可稱得上是門庭若市的狀態了。如果現狀能再維持兩個星期，我們就有勝算。

先把團長的發言拋在腦後，專心推行這個作戰計畫吧。

在那之後，因為口耳相傳，上門的客人愈來愈多。過了兩星期之後，我們成功搶回了大半的客源。

幸運的是，這幾天經常從傍晚開始下雪到晚上，而獵人協會又位於靠近住宅區的地點，因此，有不少人都會來到協會外頭的廣場，向這裡的路邊攤購買熱騰騰的食物。

開幕經過一個月後，鎖鏈食堂迅速將分店從清流之湖階層的聚落撤離。像這樣乾脆俐落地退出，確實很像大型連鎖店的作風。但老實說，我有種太用心準備，結果白忙一場的感覺。

因為餐飲店的店長們都很開心，所以我也沒有什麼不滿就是了。然而，看到他們這麼乾脆地撤掉分店，反而讓我懷疑背後是否有什麼不單純的理由。無論如何，面對即將到來的春季，進入獵人活動時期會有的隱憂，現在算是解決了吧。

對了對了。關於愚者的奇行團邀請我們在春天到來後共同遠征一事，在和拉蜜絲商量過後，我們決定加入他們的行列。

這趟遠征來回似乎需要兩個星期的時間，目的在於偵察某種魔物的生態，若能力允許，則直接加以討伐。

討論是否要加入遠征軍的問題時，除了拉蜜絲和我以外，休爾米也在場。畢竟不是能大肆張揚的事情，所以，我來到這對兒時玩伴暫住的帳棚裡叨擾。

「愚者的奇行團，不就是那個超有名的獵人集團嗎？如果能跟他們同行，應該是很值得高興的事。不過……沒問題嗎？」

「唔～團長有說過，如果害怕戰鬥的話，我只要負責揹著阿箱就好。可是，我也想加入戰鬥。不然，無論過了多久，我都無法變得更強。」

拉蜜絲緊握著雙拳這麼說。她的側臉透露出前所未見的認真神情，甚至到讓人有點害怕的程度。

光是在一旁看著，就能感受到她強大的某種意志。休爾米曾對我提及她們生長的故鄉發生過的事，所以我能明白拉蜜絲一心想變強的理由。但光是因為這樣……

「拉蜜絲，妳果然──還是想報仇雪恨嗎？」

「嗯。如果不殺死那天襲擊我們村落的那個傢伙，我就無法原諒自己！」

聽到拉蜜絲口中迸出「殺死」這種不祥的字眼，我體內的零件發出了異常的動作聲響。我當初遭到綁架的時候，她的憤怒也全寫在臉上。看著她那雙情緒激昂的眸子，我總覺得保溫功能好像要故障了。

根據休爾米的說法，她們的村落因魔物襲擊而慘遭滅村。拉蜜絲口中的「那個傢伙」，指的是那群魔物的首領嗎？

「就是妳說自己親眼看到的那個操縱魔物的男人？」

「那傢伙……那個男人，竟然笑著操縱魔物！殺死我的阿爸跟阿母的時候，他還一副笑得很開心的樣子！」

拉蜜絲揮下拳頭，在地面搥出一個深度直達手腕的凹洞。

我現在明白，她為何會堅持繼續當一名不適合自己的獵人了。就算成功報仇，也無法讓死去的人們復活，所以，或許有人會說這只是白費力氣的行為吧。

我的立場沒辦法說什麼冠冕堂皇的話，也沒有親身經歷過這樣的事情。說得天真一點，我希望拉蜜絲能在捨棄這種殺戮之心的狀態下，靠獵人的身分賺錢過日子。

然而，這畢竟是只有當事人能夠體會的心情。旁人只能同情，並無法真正理解這種感受。既然如此，我希望能從旁協拉蜜絲，直到她心滿意足為止。為此，我將不吝貢獻身為自動販賣機的所有力量。

「這樣的話，老娘說再多也沒用呢。只能相信在遇到危急情況時，愚者的奇行團能夠設法對應了。更何況，妳現在還多了個能夠信賴的好伙伴嘛。」

看到休爾米笑著將視線移向我身上，我以充滿自信的一聲「歡迎光臨」回應。但因為系統語音的說話語氣不會改變，有沒有把自己的幹勁傳達出去，大概很難說吧。

「謝謝妳替我擔心，休爾米。也謝謝阿箱喔。」

或許是為了自己剛才激動的表現感到難為情吧，拉蜜絲害臊地搔著頭這麼回答。只要還被她揹在背上，我就能用〈結界〉守護她到最後一刻。不過，在戰鬥中，還有沒有其他我能幫忙的事呢？

因為之前吸收了盜賊團囤積的大量硬幣，我現有的點數也多到嚇人。儘管如此，還是不足以取得新的加持能力。就算勉強湊足需要的點數，也得為了不時之需而預留一些下來才行。畢竟，沒人知道下一刻會發生什麼事嘛。這是我在經歷綁架事件後記取的教訓。

要取得新能力的話，大概只有〈功能〉這選擇了。我內心已經有幾個想兌換的候補名單，但因為需要消耗的點數非比尋常，所以我一直沒能下決定。要是在花費數萬點之後，卻發現換來的功能不如自己預期的那麼好，我恐怕會沮喪好一陣子都無法振作吧。

「不需要沒完沒了地煩惱下去啦。在春天來臨之前，還有好一段時間吶。是說，現在已經很晚了耶，快睡吧。妳明天也是一大早就要去清除瓦礫嘛。」

「嗯，那來睡吧！啊，阿箱，你今天可以睡在我們的帳棚裡喔。」

「能跟兩個大美女睡在一起，很不賴吧？」

的確是很不賴啦，但我沒有人類的肉體啊，不過也因此不至於闖下什麼大禍就是了。

我重新觀察起這座帳棚的內部。這裡頭相當寬敞，就算把格外占位置的我搬進來，也不會顯得擁擠。在半圓形屋頂的中心點，有一根用來撐起整座帳棚的柱子。感覺整體結構都很堅固，住起來的感覺也比想像中舒適。

裡頭擺放著兩個櫃子和兩張床、看起來很耐用，桌面也很大的木製桌子，另外，還有一些工具，以及類似魔法道具零件的東西散落在四處。它們的主人想必都是休爾米。

作為兩名女性生活的空間，這裡實在有些簡陋。不過，放在桌上的那束康乃馨，多少為帳棚內部增添了一些女性氣息。當初有送這個給拉蜜絲，真是太好了。

「啊，阿箱送給我的花，我有好好珍惜喔。」

「哦～～你只送禮物給拉蜜絲啊？啊～話說回來，老娘的生日三天前就過了呢～今年好像沒收到任何人的禮物耶～」

「啊啊！對不起，我忘得一乾二淨了。我們明天去吃什麼好吃的東西吧！」

「謝啦，拉蜜絲。那你呢，阿箱？不送禮物給老娘嗎？」

雖然休爾米應該是半開玩笑地這麼問，但她豐富的知識幫了我很多忙，再說，我也希望日後能繼續藉助她的力量。適合送給這樣的她的商品，我早已經想好了。

只是，這類商品如果落到別人手上，難保不會被用來幹壞事。所以，我一直在等待能私下交給休爾米，而不會被他人發現的機會。現在正是最理想的時機。

「哎呀～開玩笑的啦，你別當真……喔喔喔喔喔！這……這是！」

在我變成紅白相間的細長機體後，休爾米像是要環抱我似的撲了上來。她的雙眼熠熠生輝，呼吸也變得急促不已。

好可怕。她的眼神好可怕啊。雖然覺得她會買單，但沒想到反應會如此激烈。

「玻璃板後方有好多種工具喔。啊，感覺都是休爾米會喜歡的東西。」

沒錯，我這次變形成工具的自動販賣機。販售產品包括了護目鏡、口罩、捲尺、手套、八種螺絲起子工具組，以及有撥水加工處理的尼龍風衣。

因為是來自工具專賣店的自動販賣機，所以商品的品質都很好，連手套都經過了抗菌、防臭的加工處理，不但使用透氣材質，還有止滑設計。對休爾米來說，這些應該都是讓她望眼欲穿的夢幻商品吧。

「這、這些東西怎麼賣？拉蜜絲，要是老娘身上的錢不夠，就先跟妳借一點喔！」

「咦？啊……嗯。」

看到雙眼充血的休爾米激動地這麼問，拉蜜絲似乎也被她的氣勢給壓倒了。這類商品雖然也可以賣給職業工匠，但因為牽扯到技術外流的問題，能提供到什麼程度，一直讓我糾結不已。所以，我基本上都只上架消耗性的商品。

我相信休爾米不會用這些工具去幹不好的勾當，所以，我可以毫不猶豫地提供給她。

休爾米開始確認起手頭的現金。不過，這些是我打算當成生日禮物送給她的東西，所以這次不會收錢喔。

我在取物口落下一整組的商品後，休爾米將它們一把揪起，然後高舉向半空中，同時還發出「喔喔喔喔喔喔喔喔」的長嘯。啊，拉蜜絲開始跟她拉開距離了。

「阿箱，老娘真的能收下這些嗎！」

「歡迎光臨。」

「謝謝，愛死你了啦！」

休爾米感動不已地朝我的玻璃板親了一下，接著，便轉身將工具一一排放在桌面上試用……哇，嚇我一大跳～沒想到會被她親呢。這種時候，沒有觸感實在很哀傷啊。算……算了，反正感覺也不差。

「你看起來很開心嘛，阿箱……」

您這是什麼話呢，拉蜜絲小姐？您為何要用半瞇的雙眼瞪著敝人呢？

「唔～」

她鼓起腮幫子鬧彆扭的模樣也很不錯呢。但現在好像不是發表這種從容感言的時候。

之後，為了討拉蜜絲歡心，我將各種她可能會中意的商品當成禮物送給她，但她還是生了一整天的悶氣。

虛榮心與自尊心與自動販賣機 其之一

「阿箱大人、休爾米大人，我們有一事相求！」

現在是中午過後。在這個客人比較少的時段，只能以固定台詞回話的我，在獵人協會外頭和休爾米暢談魔法道具的話題時，突然被一群戴著太陽眼鏡的黑衣人團團包圍住。

不知為何，他們一起朝我們深深一鞠躬。

基於這群人獨特的打扮，我馬上明白他們都是希歐莉的貼身保鏢。不過，在開口懇求之前，拜託先說明一下原委吧。

「喂喂喂，這樣太莫名其妙了吧。要是不確實說明，阿箱也會困擾啊。」

沒錯沒錯，這正是我想說的。謝謝嘍，休爾米。

「失禮了。因為，不到一個小時之後，希歐莉大小姐應該就會過來拜託兩位事情。我們希望兩位到時能爽快地答應她。」

「不，現在就是要問你們想拜託什麼事啊。」

黑衣人們沒有回答休爾米最關鍵的問題，只是肩並肩圍成一個緊密的小圈圈。

接著，他們壓低音量開始和我們商量。

「接下來告訴兩位的事，還請你們務必保密。其實，再過幾天，有一場富商共同舉辦的展示會。大家會在活動中介紹自己僱用的私人魔法道具技師，以及技師所開發的魔法道具。」

大概就是貴族的御用畫家那種感覺？一堆有錢人聚集在一起，亮出專屬魔法道具技師製作的魔法道具，然後辦一場炫耀大會這樣吧。

「若是老爺人還在聚落裡，就沒有任何問題，但為了洽談生意，他目前待在很遠的地方，無法馬上趕回來。不巧的是，老爺的私人魔法道具技師也和他同行，所以，我們現在陷入沒有魔法道具技師能夠參展的狀況中。」

「所以，你們才會找上老娘跟阿箱？」

休爾米的指摘似乎一針見血。黑衣人再次同時朝我們深深一鞠躬。

可是，既然他們口中的老爺人不在聚落裡，那這次不克參加也可以吧？

「但是啊，如果上頭的人不在，那這次不要參展就好了吧？」

休爾米的想法跟我一致到有點可怕的程度。雖然八成只是巧合……她身上該不會帶著之前那個能讀取心聲的魔法道具的完成品吧？

「因為，這屆展示會的主辦者，是一位老愛處處跟希歐莉大小姐較勁的富商千金……對方似乎也會以雙親的代理人身分出席，所以，希歐莉大小姐更無法辭退……」

「一場虛榮心的戰爭啊。有錢人還真是辛苦吶。」

聽到休爾米的挖苦，黑衣人們有些愧疚地搔了搔頭。

雖然已經理解事情的來龍去脈了，不過，該怎麼辦呢？希歐莉是我的熟客之一，所以要我參展倒是無妨，可是，對休爾米來說，希歐莉完全是個陌生人吧。

「希歐莉大小姐的個性有點……稍微……非常……呃……不坦率。所以，我想她一定會用高高在上的態度來跟兩位攀談。」

嗯，這點我同意。我可以輕易想像出那樣的場景呢。所以，這些保鏢才會事先來跟我們交涉嗎？

「所以，懇請兩位務必——咦，大小姐已經來到這附近了嗎！比預定時間早了好多吶。那……那麼，我們早一步過來交涉的事情，還請兩位務必保密！」

在一名黑衣女子向這名黑衣男子咬耳朵之後，這群黑衣人瞬間一哄而散。他們的動作可比忍者那樣迅速呢。

「總覺得……該怎麼說呢，那群黑衣人也是勞碌命呢。」

「歡迎光臨。」

「希歐莉大小姐……是那個常來跟你買東西的小不點對吧？老娘有看過幾次呢。」

「歡迎光臨。」

沒錯沒錯。就是那個紮著雙馬尾、感覺個性很強勢的小女孩。

重逢之後，她有一陣子持續對我惡作劇，態度也很差呢。雖然那些惡作劇全都以未遂告終就是了。

其實，希歐莉的本性並不壞，似乎只是那陣子發生了讓她不開心的事情而已。就是時機不對吧。

在我們閒聊的時候，本人現身了。

微微挺起胸膛的她，走路姿勢一如往常的挺拔。不過，那總是盛氣凌人、彷彿在評定他人的視線，現在卻在半空中不斷游移。看來她很緊張呢。

瞥見在我身旁喝著奶茶的休爾米之後，我確實看到希歐莉微微睜大雙眼的反應。

她走到我的面前，交互看著我和休爾米。

雖然知道這種事不太好開口，不過，沉默不語的壓力取代言語，從她的體內不斷散發出來，為希歐莉帶來一種不同於孩童的魄力耶。

「請……請問，您就是那位赫赫有名的魔法道具技師休爾米大人嗎？」

這樣開口的時候，她看起來就像個普通的千金大小姐呢。因為我平常只看到她囂張跋扈的一面，所以總覺得有種異樣感。

「喔，是啊。那妳又是誰呢，小妹妹？」

「不好意思，自我介紹有些遲了。本小……我叫做希歐莉。雖然這樣有些欠缺禮數，但我有事情想委託休爾米大人和阿箱大人。」

或許是決定豁出去了吧，希歐莉露出真摯無比的眼神，直直地望向我和休爾米。

「就算只是暫時的也好，能不能請兩位以我的私人魔法道具技師，以及技師發明物的身分，借助我一臂之力呢？」

尊嚴和自尊心至上的這名少女，現在深深朝我們一鞠躬。對她來說，這個委託或許有著如此重大的意義吧。

在建築物陰影處默默守護這番光景的黑衣人們，紛紛以手掩嘴，看起來一副坐立不安的樣子。就好像看到稚子第一次出門跑腿，而在家中擔心不已的父母那樣。

「喂喂喂，這可不是小孩子該有的行為舉止。把頭抬起來。」

「那……那麼，您願意接下這個委託嗎？」

「這個嘛……如果妳願意好好說明理由，老娘倒可以考慮一下喔。另外，別用這種拘謹的說話方式了，用更自然的態度說給我們聽聽看。對吧，阿箱？」

說著，休爾米還俏皮地眨了眨眼。或許是至今不曾遇過這種類型的人吧，希歐莉露出像是看到珍禽異獸的表情，愣愣地盯著休爾米問道：

「呃……呃，就算我的語氣變得比較尖銳，您也不會生氣嗎？」

「小孩子就是要有點囂張的感覺才好啊。」

「那麼……休爾米小姐、阿箱先生，能請你們協助本小姐嗎？」

嗯嗯，這種熟悉的語氣，才讓人覺得比較踏實呢。那麼，接下來就聽聽妳的真心話吧。

「我們家經營的商會，有某個長年以來的競爭對手。而對方家中有個性格、眼神、嗓音跟長相都很糟糕的小丫頭。她算準了父親大人不在家的這段期間，厚顏無恥地說要舉辦一場展示會。一想到那張可恨的臉，本小姐真的是……噫噫噫噫噫！」

希歐莉忿忿不平地跺起腳來。之前發生過什麼讓她光是回想，就氣到說不出話的事情嗎？

看到態度出現一百八十度轉變的希歐莉，休爾米的表情有點僵硬。

「哎呀，失禮了。那場展示會的用意，是要讓自己專屬的魔法道具技師介紹自製的魔法道具……說穿了，就是旨在炫耀的一場無聊集會。」

咦？面對這樣的集會，原來她並沒有抱持正面肯定的態度啊。這還挺意外的。

「然而，要是本小姐拒絕參加，就會讓父親大人顏面掃地。身為女兒，要是沒看到那個高傲的小丫頭露出屈辱無比的表情，本小姐絕不會善罷甘休。」

看來，希歐莉跟對方的感情真的很差呢。她現在露出了孩子不應該有的邪惡笑容呢。

與其說這是商人的自尊心作祟，她更像是純粹不想輸給那個小女孩而已。

「怎麼樣呢？本小姐會支付相對應的酬勞，能請你們貢獻一臂之力嗎？」

我是沒問題啦。再說，我現在對那個小女孩產生了好奇心，所以更樂意參展了。但不知道休爾米是怎麼想的？

我這麼想著，將視線移往休爾米身上，發現她的嘴角微微上揚……看起來是個樂在其中的表情呢。啊，她八成跟我有著相同的想法喔。

「喔，好啊。感覺很有趣呢，老娘願意參加。」

既然她這麼爽快地允諾，我的答案也只有一個。

「歡迎光臨。」

「謝謝你們！」

希歐莉露出像是盛開花朵般的燦爛笑容。這樣的她，充滿了符合實際年齡的可愛魅力，光是在一旁看著，就讓人有一種幸福感。

雖然不知道會有什麼樣的情況等著我們，但老實說，我還滿期待的呢。

過了幾天之後，我們被帶往某個特別設置的帳棚裡頭。

因為不能讓希歐莉離開清流之湖階層，展示會選擇在臨時搭建的這個帳棚裡舉辦。我原本以為能前往迷宮的外頭，還因此興奮不已呢。

雖說是帳棚，但這個帳棚使用的布幔，有著極為精緻的花樣設計。老實說，在仍在進行振興計畫的清流之湖階層中，這看起來相當格格不入。

內部的設計雖然走簡素風，但也鋪上了看起來質感相當高級的毛毯。或許是藉此來強調財力吧。

現在，我的機身被一大塊布完全包裹住，只能透過用來確保視野的小破洞窺探外頭。就算說得客氣點，也很難稱得上是視線良好的狀態。

「阿箱，你看得見嗎？」

「歡迎光臨。」

在一旁出聲關心我的人，應該是休爾米吧。

這次，我被設定成魔法道具技師休爾米所開發出來的嶄新魔法道具。

光是「魔法道具技師休爾米」的知名度和能力，應該就足以讓希歐莉引以自豪了，不過，她似乎是想徹底擊垮跟自己作對的那個千金大小姐。

不是我要自誇，我這台自動販賣機的性能，可不是普通的魔法道具能夠比擬的。我開始覺得敵對的千金大小姐有點可憐了。

在帳棚一角靜待展示會開始的時候，其他看似魔法道具技師的人陸陸續續湧入，一些外頭用布罩著的東西也同時被搬進來。

被蓋上布的這些物品一共有五組，應該就是魔法道具了吧。幾名身穿白袍、看起來像是研究人員的男女站在這些東西的旁邊。他們大概都是魔法道具技師。

藏在布底下的道具各個大小不一。有的尺寸不到我的一半，有的是我的好幾倍大。

這個特別設置的會場，規模跟我在孩提時代見識過一次的馬戲團帳棚差不多大。現在，我終於明白個中原因了。

我們窩在帳棚的一角，中央處則是聚集了一群有說有笑的富商。他們不分男女老少，全都打扮得像是從畫中走出來的人物那樣雍容華貴。

希歐莉也在這群人裡頭。那麼，被她視為勁敵的那位千金大小姐又在哪裡呢？既然兩人年齡相仿，應該馬上就能找到……在那裡。

她們不僅身高差不多，連身上的服裝感覺也如出一轍。只是希歐莉的服裝以紅色為主，對方則是藍色。

一頭長度直達腳踝的銀色直長髮，以及宛如高級和紙那樣純白無暇的肌膚。眼角微微下垂的細長雙眸，散發出一種成熟的感覺。

笑的時候，她還會優雅地以手掩嘴。和活潑好動的希歐莉正好相反，這名少女給人楚楚可憐的印象。

就一名千金大小姐的形象而言，希歐莉感覺輸了人家一截呢。但這件事還是別說出口的好。

虛榮心與自尊心與自動販賣機 其之二

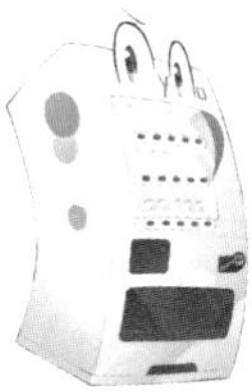

那群有錢人聊天聊得欲罷不能的樣子。能不能讓展示會早點開始啊？

一旁的休爾米看起來閒到發慌，現在正張大嘴打呵欠呢。希歐莉大概已經習慣這種場合了吧，她的言行舉止完全符合出身高貴家庭的千金大小姐形象。

跟那位藍色洋裝的千金大小姐對話時，她也是一臉笑盈盈的表情。倘若那是裝出來的態度，那她的假面具真的很完美呢。

喔，向大人們優雅一鞠躬之後，希歐莉跟那位勁敵大小姐一起走過來了。

隨著她們靠近，兩人臉上的表情也愈來愈清晰……啊，嗯，看得出來她們感情很差。

乍看之下，這兩人面帶微笑地並肩走來，但她們的表情其實不斷在抽搐。我接著聽到了兩人的對話內容。

「希歐莉大小姐，請不要過於勉強自己了。這次，妳就含著手指，在一旁好生羨慕地觀摩這場展示會吧。」

「喔呵呵呵呵。本小姐怎麼可能這麼做呢。體弱多病的妳，才不要過於勉強自己吧，卡娜希大小姐？要是因為太震驚而讓心跳停止，本小姐的良心可過意不去喲。」

「哎呀呀，沒有良心的人，怎麼會過意不去呢？」

「唔呼呼呼。不只是身體和個性，妳連聽力都很糟糕的樣子呢。真令人擔心～」

這幾句處處帶刺的話語，聽起來尖銳無比，完全不像是小孩子之間的對話。

她們抵著彼此的肩膀和腦袋來到我面前。現在，無法看見站在一旁的休爾米作何表情，實在很可惜。我想，她八成是一臉複雜的表情吧。

「對了，希歐莉大小姐。這位就是妳緊急聘請過來的魔法道具技師嗎？」

「是的。她是非常優秀的一位技師，開發出來的魔法道具，當然也具備能讓人瞠目結舌的高度性能，是妳那邊的魔法道具完全無法比……不對，拿妳的成品來比較，恐怕太可憐了呢。」

喔～她還真是自信滿滿耶。看來希歐莉相當信任我和休爾米。

至於被喚作卡娜希的那名千金大小姐的反應——她臉上的表情看來溫和，但那雙微微睜開的眸子，卻不帶一絲笑意。

「哦……哦～女性魔法道具技師呀。給人富有知性的感覺呢，不過……算了，無所謂。妳就趁現在盡情打腫臉充胖子吧。之後，請妳讓我見識一下不甘又悽慘無比的表情嘍。」

至此，如果她發出一陣高亢笑聲後揚長而去，就是相當完美的演出了吧。但因為四周還有其他人在，所以卡娜希也很守分寸的樣子。

「啊啊啊，超級讓人火大！讓兩位經歷這種不愉快，真的非常抱歉。」

「不。老娘反而覺得妳們的應對很有趣呢。」

「歡迎光臨。」

要是把人物調換成兩名成年女性，可能會讓人覺得很恐怖，不過，看到像這樣的兩個可愛小女孩互別苗頭，會讓人覺得她們彷彿是在賣力表演戲劇似的，甚至會想為她們加油打氣呢。

「不好意思，讓兩位見笑了。時間差不多了。再等一下，應該就能上場了。」

等待出場的時候，因為實在是太閒了，我忍不住專心聽起休爾米講解魔法道具。這時，一名服裝類似晚宴服的男子走到帳棚深處，敞開雙臂這麼開口：

「各位先生、小姐，歡迎你們今天來到這裡。我們就省略不必要的前言，直接開始進行展示會吧。」

他是活動主持人嗎？在輪到我上場之前，先來輕輕鬆鬆地看展吧。

出場順序似乎是事先決定好的。一名黑衣人來到我們身邊，低聲表示「兩位是最後上場的一組」。

最先登場的，是一名體態臃腫、十隻手指頭全都套上戒指、看起來像個典型配角的男性富商。

站在他身旁的，則是體格瘦弱到呈現強烈對比、感覺略為神經質的白袍男子。這個人是他的魔法道具技師吧。

掀開那塊掩著魔法道具的布之後，出現在底下的是……這是什麼？一根高度只到成年人腰部的圓柱？直徑大概是手掌那麼寬。

乍看之下，感覺是一根不太好用的棒子。不但過短，而且又太粗了，使用起來應該很不方便吧。這到底是怎樣的魔法道具啊？

「請問這是什麼樣的魔法道具呢？」

「你說這個嗎？它是能夠變形成各種武器的魔法道具。」

喔喔！感覺是會挑起中二心的魔法道具耶。

「哦～～老娘也構思過這樣的東西吶。真令人期待。」

休爾米的聲音聽起來精神奕奕。只要是牽扯到魔法道具的事情，就會讓她熱血沸騰的樣子。

瘦弱的魔法道具技師將圓柱放到高台上，然後操作了一下。接著，圓柱表面浮現分割線，並開始變形。經過數次分離和重組後，原本的圓柱變成了一把長柄斧頭。

接下來，斧頭又變成一把巨劍，然後再變成一根長矛。刀刃的部分看起來也很鋒利，並不會輸給一般的武器。

然而，觀眾的反應卻很薄弱。休爾米也只是重重吐了一口氣，完全沒有說話。她可能是覺得很傻眼吧。

這也是正常的。如果能自動分離再結合，這款魔法道具應該就能成為聲名遠播的萬能武器。可是，它卻是全程都需要人為操作的設計……使用者必須自行將圓柱分解，再像玩積木那樣把它拼湊起來。

看著魔法道具技師拚命組裝它的背影，總覺得有點淒涼呢。

隨後，第二組、第三組和第四組人馬帶來的魔法道具，也都算不上罕見，只是把市售的物品稍加改造而成的東西。在一旁的休爾米是這麼解說的。

「喔，那個大小姐的魔法道具，是倒數第二個上場嗎？看她剛才那副胸有成竹的樣子，我們就來好好見識一下吧。」

因為至今都沒出現什麼有趣的魔法道具，接下來這組參賽者，想必讓休爾米格外期待吧。

「本小姐也可以在這裡觀摩嗎？因為本小姐想多聽聽休爾米小姐的講解呢。」

「喔，好啊。像這樣的活動，就是要跟別人一起看才有趣嘛。」

不管怎麼說，希歐莉還是很在乎卡娜希的樣子，一直緊盯著她看呢。

卡娜希僱用的魔法道具技師，有著高挑而健壯的身型，身上的白袍感覺都快被肌肉給撐破了。從體型看來，比起技術研發的工作，他似乎更適合當個獵人。

一旁的魔法道具體積也不小，看起來幾乎跟那名精壯的魔法道具技師一樣高。那塊布的底下究竟藏著什麼？這次應該是值得期待的東西了吧。

「那麼，接下來容我開始說明。請各位先看看這個魔法道具。」

掀開覆蓋在上頭的布塊之後，一尊金色的人偶現形。除了眼窩處嵌入用來取代眼球的紅色珠子以外，看起來就只是個全身漆成金色的女性假人。

老實說，我覺得這個魔法道具沒有半點設計美感可言。

「各位應該都知道，在魔物之中，存在著木人魔、岩人魔、土人魔等有著和人類相似外型的魔物。以這些魔物為參考而打造出來的，就是我的作品——能夠服從命令的人型魔法道具。」

就是奇幻作品裡頭的巨石像一類的東西嗎？人為製造的魔法生物之中，它可算是相當有名的。我以為這種東西是已知的存在，原來這個異世界裡沒有啊。

話說回來，第一次見到休爾米時，她好像也跟我提過「無法讓魔法道具擁有人智」這件事呢。

回想起這一點之後，我將視線移往休爾米身上，發現她的神色十分凝重，還以犀利的眼光緊盯著那尊金色人偶。

「那傢伙該不會……」

她壓低嗓音喃喃自語的樣子讓我有種不好的預感。但因為無法主動開口詢問，我也只能對那尊人偶提高警戒。

「擁有人智的魔法道具，一直都是魔法道具技師們追求的夢想。現在，我將這個夢想實現了！再多的論述，都比不上眼見為憑。我現在就讓它起動，請各位用自己的雙眼好好見證吧。」

語畢，魔法道具技師走到那尊毫無品味可言的金色人偶後方，在它背後操縱了幾下。下一刻，人偶的一雙紅色眼睛開始發光。

原本直挺挺地佇立在原地的人偶，現在緩緩舉起自己的手，將手掌抵在胸前，然後做出鞠躬的動作。會場瞬間被「喔喔喔喔！」的驚嘆聲籠罩。

「希歐莉小妹妹。要是等一下發生什麼意外，妳可別離開阿箱身邊喔。另外，也把妳那個朋友叫過來這裡吧。」

「為……為什麼本小姐得讓卡娜希——」

「如果妳不想看到她死掉的話，就叫她過來。阿箱，如果情況危急，你可要保護我們喔。」

原本還想出聲抗議的希歐莉，在看到休爾米臉上嚴肅的表情後，默默將想說的話吞了回去。

「只是老娘杞人憂天的話，倒還沒什麼問題。不過，倘若這樣的預測成真……那可就相當不妙了。」

「知……知道了。雖然不清楚原因，但要是讓她受傷，主導這場展示會的本小姐也會臉上無光。本小姐現在就去叫她過來。」

「動作盡量快一點喔。」

緩緩點過頭之後，希歐莉便趕往卡娜希的身邊。後者正一臉得意地以眼角餘光瞅著我們。

「阿箱。你記不記得，老娘過去曾經跟你提過『無法讓魔法道具擁有人智』一事？」

「歡迎光臨。」

「至今，還無人能開發出這樣的技術。不過，如果讓人類的靈魂寄宿於魔法道具之中，就並非完全不可能實現。然而，這樣的做法過於危險，所以是受到魔法道具技師協會禁止的行為。過去，有個愚蠢的魔法道具技師，曾經讓人類的靈魂寄宿在巨大的人型石像裡頭，打算讓它成為聽令於自己的強大士兵。但最後，那名技師無法駕馭失控的石像，一座城鎮也因它而毀滅。」

意思是，台上那名魔法道具技師，很有可能已經觸犯了這樣的禁忌嗎？怪不得休爾米會如此警戒。最壞的情況下，得考慮那尊人偶失控發狂的可能性才行。

「不過，要是那傢伙比老娘優秀，就不至於發生什麼問題了。」

比休爾米更厲害的技術研究者嗎？儘管我知道她的能力相當優秀，但以這個世界的水準來判斷的話，我還是不清楚她落在什麼等級呢。因為身邊沒有能夠比較的其他對象嘛。

呃，得集中精神才行。比起這些考察，我必須以觀察人偶的動靜為優先。

人偶依照男性技師的指示行走、跳躍、搬運物品，甚至還能做出基本的武打動作。看在外行人眼中，它的動作不僅流暢，而且也都很到位。

「怎麼樣呢，各位？如此完美的魔法道具！能夠聽從任何指示行動，絕不會反過來攻擊主人的優秀作品！」

那名技師看起來一臉愉悅呢。他戲劇性地敞開雙臂，慷慨激昂地這麼開口。

「希歐莉大小姐。妳覺得我們開發出來的魔法道具如何？能夠理解人類語言、活動自如的魔法人偶！」

希歐莉好像成功把卡娜希帶過來了。儘管卡娜希洋洋得意地不斷自誇，但希歐莉沒有開口反駁，只是默默地忍下來。

儘管是令自己反感的對象，希歐莉還是願意為她的人身安全著想。這孩子只是嘴巴壞了點，個性其實很善良呢。希歐莉的這種地方，或許和休爾米有點相似吧。

在觀眾源源不絕的喝采聲中，那尊人偶依照龍心大悅的魔法道具技師的指示，在他身旁以單膝跪地的姿勢待命。

希望目前這種相安無事的狀態，可以持續到活動結束呢。

『了……殺了……我……』

咦？剛才那是誰的聲音？

「哎呀，我原本聽說這尊人偶不具備說話的功能，原來只是當初對我保密而已嗎？真是優秀到令人吃驚的作品。」

「並沒有妳想的那麼優秀喔。可惡！被老娘料中了嗎？兩位小妹妹，妳們待在這裡別動喔。」

「本小姐明白了。」

「咦……咦？這是什麼意思？」

無視完全狀況外的卡娜希，眼前的事態繼續惡化了。

休爾米感覺繃緊了全身的神經。或許是她預料中的最糟糕的情況發生了吧。

『殺了……我……誰……來殺……我……』

「怎……怎麼回事？我可沒設計說話的功能耶！這……這是什麼狀況？得……得讓它停止活動才行！」

魔法道具技師繞到金色人偶背後，伸出手像是在操作什麼。這時，人偶的頭部突然一百八十度向後轉，直直盯著男性技師的臉孔。

「噫……噫噫噫！都已經按下緊急停止按鈕了，為什麼還會動！」

『就是你把我……從沉睡中……吵醒的嗎啊啊啊啊啊！』

來自人偶的絕望吶喊聲在整個會場裡迴響。

體格魁梧的魔法道具技師嚇到腿軟，癱坐在地上不停往後退。人偶拱起背，像猩猩那樣將雙手垂在前方，慢慢朝他逼近。

「那個蠢蛋！果然是把人類的靈魂強行囚禁在人偶裡頭了嗎！喂，黑衣人。你們去幫忙壓制住那尊人偶！之後老娘會想辦法處理。」

原本看傻眼的黑衣人們，終於在此時回想起自己的職責所在。他們一群人同時朝人偶撲了過去，俐落地壓制住它的雙手雙腳，再將它壓倒在地。

不愧是貼身保鏢呢。他們的動作都相當純熟。

休爾米靠近不斷掙扎的人偶，將手貼上它背後某個像是圓形寶石的物體後，不禁輕嘆一口氣。

「用魔法陣把靈魂困在裡頭，甚至還施加了洗腦魔法……你這人渣！竟然這樣褻瀆死者！」

被情緒激動的休爾米惡狠狠瞪了一眼之後，男性魔法道具技師的臉色變得愈來愈蒼白。

「一定很難受吧。抱歉，在你沉睡的時候硬是吵醒你。你並沒有錯。所以，這次就安祥地長眠吧。」

休爾米以溫柔的語氣向人偶輕喃，並用手指在寶石表面畫出某種圖樣。下一刻，原本發狂般激烈掙扎的人偶，在瞬間停止了動作，來自紅色雙眼的光芒也消失了。

「現在可以放心了。老娘已經解除了人偶的束縛，讓裡頭的靈魂重獲自由。它不會再有任何動作了。」

「說……說什麼傻話！這可是我花了好幾年時間不斷鑽研，好不容易才成功的技術吶！只是瞄了一眼的妳，怎麼可能有辦法解除！」

那名男性魔法道具技師似乎不願接受眼前的現實。儘管還癱坐在地上，他仍然放聲大吼大叫，激動到口水跟著亂噴。

「哈！用這麼簡陋的術法，竟然還敢一臉得意啊。只要老娘休爾米出手，這種事情，簡直比踩扁蛙人魔的幼體還要來得簡單。」

雖然是個聽起來很殘忍的比喻，但印象中，這句話似乎是這個世界的俗諺。蛙人魔的幼體有著類似蝌蚪的外型，沒有任何戰鬥能力，柔弱到連小孩子都能輕易踩死牠們。

「休……休爾米？妳是那個『動亂的天才兒童』休爾米嗎！」

「別用那稱呼叫老娘啦。」

聽到男子的吶喊，在場的魔法道具技師無不露出錯愕的表情。看來，在相關業界裡，休爾米是個赫赫有名的人物。

「休爾米……是就讀於魔法道具技師培養學校時，曾引發好幾次爆炸意外或小型火災的那個問題兒童嗎？但聽說她的成績相當優秀就是了。」

「根據傳聞，她曾經製作了藥效過強的安眠藥，結果讓整間學校的人陷入昏睡呢。」

「我還聽說她以前開發過能夠淨化水質的藥物。可是，把藥物扔進被汙染的池水裡之後，別說是淨化了，整個池子的水都蒸發了吶。」

魔法道具技師們交頭接耳討論的內容，似乎也傳進了本人耳裡。休爾米的臉和脖子變得愈來愈紅了。

你們別再說了。不要揭露她那些羞恥的年輕過往啊！

最後，那尊人偶被徹底粉碎、廢棄。讓自己的作品失控的魔法道具技師，則是被衛兵帶走了。

不管在好或壞的方面都頗具知名度的休爾米，現在則是被包圍著她的人群大力讚賞。能看到她害臊又開心的表情，我想，被捲入這場騷動的事，可以一筆勾銷了。

看到大家一致讚揚自己僱用的魔法道具技師，想必也讓希歐莉心情大好吧。面對不甘心地咬著手帕的卡娜希，希歐莉露出滿面的笑容跟她對話呢。

雖然發生了有點麻煩的騷動，但既然休爾米受到眾人肯定、希歐莉看起來也心滿意足的樣子，這次的委託算是大功告成了吧。

真要列舉問題點的話，大概只有一件事——從頭到尾，我一直維持著被布罩著的狀態耶。是不是沒有出場機會啦？嗳，大家不會是忘了我的存在吧？

關東煮罐頭

清流之湖階層的冬天相當寒冷。儘管程度不及日本的多雪地帶，但地面總是維持著五公分左右的積雪。要是繼續下雪，帳棚可能就會被積雪壓垮。所以，這裡幾乎不會出現超過一公尺深的積雪……我希望是這樣。

到了冬天，這個階層的魔物似乎就會鑽進地底深處冬眠，所以鮮少人會委託獵人進行討伐任務，素材收集也會變得困難。因此，獵人們基本上都會窩在聚落裡不外出——這是守門人卡利歐斯之前一邊吃關東煮一邊發出的牢騷。

不過，今年因為推行振興計畫的緣故，聚落內部不愁沒有工作可接。以往，到了冬天，多半會移動到其他階層的獵人們，今年也留在這個聚落裡。單手拿著奶茶罐的青年商人，也曾經喜孜孜地表示這是個賺錢的好時機呢。

我則是過著一如往常的生活。在拉蜜絲前往特定區域幫忙時，她會揹著我一起過去，到了傍晚，再讓我回到獵人協會外頭販賣商品。

在餐飲店打烊前，我都只會上架飲料類商品，到了更晚的時段之後，才會放上食品類。這樣的商業模式幾乎已經定型了。雖然能理解現在正值氣溫凍人的時期，但因為我沒有溫感功能，所以完全不成問題。

啊！來追加偵測溫度的功能好了？印象中，被稱為次世代自動販賣機的某些高規格機型，能夠測量當下的氣溫，然後再推薦商品給消費者。

兌換需要的點數……感覺不算太多。套用這樣的功能，感覺也不賴呢。

「嗚～冷死啦、冷死啦。我需要熱湯，還有燉菜、燉菜。」

在寒風刺骨的深夜，鮮少會有人特地上門來跟我買東西。從狀況和這個熟悉的嗓音來判斷，來者想必是守門人卡利歐斯吧。

「戈爾賽，你今天要買什麼？」

「甜甜的茶。」

「你老是喝那個吶。」

「你不也老是吃插在竹籤上的那種燉煮食品嗎？」

今天輪到卡利歐斯和戈爾賽值勤啊。在這麼冷的天氣，真是辛苦了。

購買溫熱的罐裝商品後，他們總會先把罐子塞進胸口，或是放進衣服口袋裡充當暖爐，所以我會把商品溫度稍微調高一點。

「今天也是熱騰騰的吶。謝嘍，阿箱。」

「感謝你。」

「謝謝惠顧。」

他們似乎也知道我有刻意調高商品溫度，總是會像這樣和我道謝。

來到這個聚落後，除了拉蜜絲以外，最常和我說話的對象或許就是這兩人了吧。雖然都是卡利歐斯單方面在說，我和戈爾賽在一旁負責答腔的狀況就是了。

拱起肩膀、將厚重大衣的領子立起來的兩人，緩緩消失在黑暗之中。看到這樣的他們，我不禁希望自己能被設置在距離大門更近的地方。然而，因為拉蜜絲堅持不想和我分開，所以她幾乎都會把我放在能從她的帳棚看見的這個定點。

目送一如往常的兩位守門人離開後，有個紅色的東西竄入我的視野一角。

噢，又出現了嗎？

那是一名穿著色調鮮紅如血的連身裙的女性。那件連身裙有著寬鬆的長袖設計，裙子也很長，她或許在裡頭穿了更多保暖衣物吧。

她纏繞在脖子上的圍巾還有鞋子和手套，都清一色呈現鮮紅。然而，我並不清楚這名女性的長相。

她蓄著一頭及腰的黑色長髮，瀏海也一直延伸到鼻尖處。唯一能窺見的，只有兩片同樣抹上了鮮紅色澤的嘴唇。

在三更半夜，以一身紅的打扮悄悄現身的詭異女子。一般來說，目睹這樣的光景，就算慘叫著逃走也不奇怪。不過，我不但動不了，也沒有發出慘叫聲的功能。

最重要的是——我已經看習慣了。

這名女子其實還滿常出現的。而且都只會在大半夜現身。

光是選在夜間上門的熟客就足夠罕見了，再加上她這身打扮，想不記住都很難。

女性在深夜單獨外出是很危險的事。不過，要是被問到「你覺得誰會有勇氣主動向這名女子攀談」，我大概也回答不出來吧。

她一如往常地跟我買了關東煮罐頭，然後無聲無息地消失在黑暗之中。

畢竟都有轉生成一台自動販賣機的人類了，就算幽靈真的存在，大概也沒什麼不可思議的吧。可是，那名女子有實體，是活生生的人。而且，在拿到關東煮罐頭的瞬間，她的嘴角總會浮現笑意。或許是個重度關東煮狂熱分子吧。

無論對方是什麼樣的人物，她一樣都是我的客人。再說，比起自己一個人——不對，是自己一台佇立在空無一人的地方，有她的造訪，反而比較不寂寞呢。

話說回來，今天感覺真的很冷耶。

「呼～竟然要在這種冷死人的晚上值勤啊。」

「認命吧。」

今晚，負責夜間守門工作的，似乎也是光頭的卡利歐斯和平頭的戈爾賽。在這個聚落的衛兵之中，這兩人算是身手相當了得的強者。所以，在偶爾會出現凶暴魔物的夜晚時段，他們時常被指派看守大門。

「好冷啊～早知道就多圍一條圍巾了。」

「你還是一樣顏色挑得很爛。」

「哼，隨便你怎麼說啦。紅色可是我的幸運色吶。過去，某位很會算命的咒術師是這麼告訴我的。」

老實說，我也覺得一個橫眉豎目的大叔圍上紅色圍巾，看起來有點微妙，不過每個人的喜好各有不同嘛。做本人最喜歡的穿著打扮，才是最好的。

「說到紅色，就會想起那個傳聞。」

「噢，某個全身紅通通的女性幽靈對吧？最近很常聽到有人在半夜看到她的消息吶。要是會帶來害處的幽靈，就得擊退她了。」

看來，在這個世界，幽靈除了同樣是受人畏懼的存在，還是能夠討伐的對象嗎？真不愧是異世界呢。這兩人完全沒有表現出膽怯的反應。

他們提及的傳聞中的幽靈，應該就是那名女子了吧？我一開始也以為她是鬼怪之類的存在呢，所以，會鬧出這樣的傳聞，也是可以理解的。

兩名守門人一如往常地買了關東煮罐頭和奶茶後，便快步朝大門走去。在他們的身影完全消失之前，身穿紅衣的女子一如往常地闖入我的視野。

現在，針對這名女子的現身條件，我發現了一件事。她總是會在那兩名守門人離開後馬上出現，然後捧著買來的關東煮罐頭，像是跟隨他們的身影般往大門的方向走去。

在情報量累積到這種程度後，就算是我，也能夠察覺到了。這名紅衣女子八成是喜歡卡利歐斯吧。她總是購買卡利歐斯愛吃的關東煮罐頭，也總是用卡利歐斯喜歡的紅色來妝點自己的全身。

而她類似跟蹤狂的行為，雖然有點可怕，但只是從遠處靜靜眺望卡利歐斯的身影的話，還不至於帶來什麼害處……應該吧。

正當我細細觀察這名女子的時候，一陣略強的寒風吹來，吹起了她的瀏海。窺見藏在瀏海下方的那張臉蛋，我不禁屏息。

清澈的雙眸、高挺的鼻梁。雙頰微微泛紅的表情看起來雖然不太起眼，卻十分有魅力。我甚至忍不住透過自動販賣機的監視攝影機功能，偷偷拍下她的模樣。

「卡利歐斯大人……」

初次耳聞的她的嗓音，微弱到幾乎完全被風聲蓋過，卻也能讓人感覺到其中蘊含的澎湃情感。

我記得卡利歐斯沒有女朋友，也沒有老婆吧。如果認真倒追他，要擄獲卡利歐斯的心，應該不是難事，但女子看起來恐怕沒有這樣的勇氣。再說，每個人喜歡的類型都不同，我大概也只能在一旁靜觀其變了吧。

手捧關東煮罐頭的女子，像是追隨卡利歐斯的身影般，今晚也搖搖晃晃地往大門的方向走去。

「好耶～今天不用輪班！要來做些什麼呢～」

卡利歐斯這麼嚷嚷著朝我走來。他看起來開心到幾乎要小跳步前進了。這是我第一次看見穿著便服的他……嗯，很普通呢。不過，脖子上那條紅色圍巾實在太突兀，讓他看起來好像以前的假面什麼的一號。

「去道具店買一些備用品如何？」

似乎正準備上工的戈爾賽，以一如往常的穿著打扮買了熱奶茶。

「喔～說……說得也是。既然你這麼說，那我就去道具店一趟吧！」

咦，他好像變得有點心神不寧的樣子？不但緊盯著自己倒映在玻璃板上的身影，還頻頻檢查衣服有沒有穿整齊。

看著這樣的卡利歐斯，戈爾賽輕輕發出「哼」的笑聲。

「好……好啦～那就帶點禮物過去……啊！」

「哎……哎呀，卡利歐斯先生。」

看到某位湊巧經過這裡的女子，卡利歐斯的背脊瞬間挺得老直。而那名以雙手環抱著物品的女子，也全身僵硬地杵在原地。

「好……好巧啊。我正打算過去道具店呢。」

「這……這樣呀。我現在也正要回店裡……啊！你脖子上那條鮮紅色的圍巾很好看喲。」

「是嗎？其實我很喜歡紅色呢。」

卡利歐斯變得拘謹的說話方式，聽起來真讓人不習慣。現在明明很冷，他的額頭和太陽穴卻滲出了汗珠，看起來相當緊張。

至於和他對話的女子，視線也不斷在半空中游移，看起來有點可疑呢。咦？這兩人難道氣氛不錯——啊，這名女子的長相……我有印象呢。現在的她以髮箍將瀏海挽起，所以能看到整張臉，但應該是那名紅衣女子沒錯。我將她的長相跟監視攝影機拍到的影像相對照，發現果然是同一人物。

咦！難不成他們其實兩情相悅？不知為何，雖想祝福這兩人，同時卻也湧現了一股煩躁感。

「卡利歐斯。既然你也要去道具店，就幫她拿手上的東西吧？」

喔喔，這一把真是推得太好了，戈爾賽。

「說……說得也是。不嫌棄的話，我幫妳拿吧。」

「謝……謝謝你。」

卡利歐斯接下女子手上的物品，然後跟她並肩離開。看著兩人的背影，戈爾賽重重嘆了一口氣。

「哎呀呀，直接在一起就好了嘛。」

「歡迎光臨。」

我也這麼覺得，所以出聲附和了他的意見。

深夜，擔任守門人的兩人一如往常地從我面前離開後，那名全身紅通通的女子——道具店的店員再次現身。她一如往常地捧著關東煮罐頭，凝視著卡利歐斯逐漸遠去的背影。

「卡利歐斯大人，我該如何向你表達自己的心意呢……」

完全是個墜入情網的少女啊。

聽戈爾賽說，過去，這名女子曾差點被聚落裡素行不良的獵人拖到暗處。當時，是卡利歐斯出手救了她。

在那之後，兩人見面時開始會聊上幾句，卡利歐斯也在不知不覺中真心喜歡上對方。儘管個性豪爽，但在和異性交往這方面，卡利歐斯卻很晚熟，遲遲無法和對方更深入發展。於是，兩人便一直持續著像現在這樣的關係。

而道具店的那名女子，在卡利歐斯出手搭救自己後，似乎也開始在意他這個人。面對這個皇帝不急、急死太監的狀態，戈爾賽實在很想為這兩人做點什麼。

唔~需要一個契機嗎……雖然我覺得讓男性主動告白是最理想的，可是，生得一臉剽悍長相的卡利歐斯，在面對那名女子時，卻會緊張得連話都說不好呢。

這樣的話，如果能找到讓女方主動示好的理由……嗯？噢，這個方法似乎可行喔。

「唉……我今天也只能用你喜歡的紅色打扮自己，然後像這樣凝視著你的背影嗎……咦！」

我無視開始自言自語的她，讓自己變形成提供蔬菜給餐飲店時的那種機體。

「這是蔬菜嗎？」

看到女子露出不解的表情，現在有著類似製物櫃外型的我，將機體表面的玻璃門打開，讓她看見裡頭的白蘿蔔。

「啊……咦？我可以收下這個嗎？」

「歡迎光臨。」

確認女子已經戰戰兢兢地拿走白蘿蔔後，我又變形成專賣雞蛋的機體，然後提供了一盒雞蛋給她。

接著，我在取物口落下竹輪。雖然現在才說這種話，不過，自動販賣機對應的商品種類，真的豐富到令人大開眼界呢。販售竹輪的自動販賣機，是我在某個停車場發現的。

最後，我變回平常的自動販賣機機體，再把部分狂熱者相當中意的商品——裝在寶特瓶裡的飛魚乾高湯上架。

這是我在大阪發現的自動販賣機。雖然價位比較高一些，但寶特瓶裡裝著一整隻飛魚的魚乾呢。

「請……請問，呃……你送我這些東西，那個……用意是……」

於是，我又在取物口落下一罐關東煮罐頭。看到這一幕之後，女子瞬間瞪大雙眼凝視著我。

「你是要我用這些食材，煮出像這種罐頭的燉菜嗎！」

看來她是明白了。

「歡迎光臨。」

「謝……謝謝你！我會試著用這個讓他注意到我！」

理解了這一切的她，在朝我鞠躬好幾次之後，沒有像以往那樣走向大門，而是朝反方向跑去。看到女子如此專情的一面，我真心希望她的情感能順利傳達出去，不過，想到卡利歐斯的春天即將到來，會覺得有點煩躁恐怕也是無可奈何的吧。

「戈爾賽、阿箱，談戀愛是很棒的事喔！感覺每一天都在閃閃發光吶！啊，對了對了，昨天啊，我女朋友又親手做了料理給我，實在好吃到沒話說啊。」

幾天後，親手煮了關東煮的女子邀請卡利歐斯一起吃飯，兩人的距離因此一口氣縮短，最後也順利成為男女朋友。在那之後，卡利歐斯每天都會逼我和戈爾賽聽他們恩愛的故事。

儘管戈爾賽對他投以真心感到厭煩的冰冷視線，但卡利歐斯卻還是渾然不覺。真虧他能夠一天到晚這樣誇讚自己的女朋友耶，都不會膩嗎？不只是有點煩，我覺得他已經到非常煩人的地步了。

我不禁為之前幫他們牽紅線的行為感到些許後悔。

「就是這麼一回事。啊，守門人換班的時間要到了，那我就一如往常地買一罐那個吧。雖然比不上我女朋友親手做的料理，但這玩意兒也很美味嘛！」

有些得意忘形的卡利歐斯，一如往常地投錢買了關東煮罐頭，再從取物口拿了出來。

「噫啊啊！好冰喔喔！怎……怎麼搞的啊，這東西沒有加熱耶，阿箱！」

嘖，你就給我吃冷冰冰的關東煮吧。

春天降臨

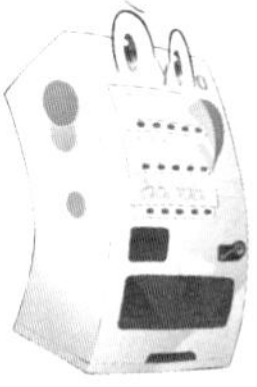

「卡利歐斯先生，你的衣領歪了喲。」

「喔……喔。謝謝。我今天可能會比較晚歸，就算覺得很寂寞，也不能哭喔。」

「好的。我會在你喜歡的燉菜裡放很多顆蛋等你回來。請你多加小心，不要受傷了喔。」

「留下妳獨自外出，簡直讓我難受到彷彿身體被撕裂開來……不過，這也是工作吶。抱歉！」

「是的，我也不願意跟你分開，但也不願意妨礙你的工作。所以，我會強忍淚水——」

可以請你們差不多一點嗎，笨蛋情侶？為什麼每天都要當著自動販賣機的面曬恩愛啊。你的伙伴戈爾賽都已經用手扶著額頭，看起來一臉疲態了耶。因為這兩人經常一起負責看門的工作，戈爾賽想必被逼著聽了不少這對情侶的大小事吧。真是可憐。

「今天的天氣也很好呢，姆納咪小姐。最近的陽光愈來愈溫暖了，是最適合散步的好天氣。」

「對呀。你今天不用看店嗎？」

麻煩的另一組來了。是青年商人，以及自稱旅館看板娘的姆納咪。這兩人雖然還沒有發展成情侶，但現在，姆納咪跟青年商人說話時，感覺不像是在面對客人，比較像是在跟朋友聊天。所以跟以前比起來，他們應該更親近彼此了。

然後，不知為何，這些人總愛在我的跟前閒聊。唉～最近氣溫慢慢回升，讓人感覺春天的腳步近了，沒想到連腦袋陷入春暖花開狀態的人都跟著聚集起來。

不過，現在似乎也不是悠哉叨唸著「春天啊～」的時候呢。因為這同時也是獵人開始活動的時期。沒錯，就是拉蜜絲答應參加愚者的奇行團的遠征活動的——

「阿箱，狀況怎麼樣？」

「喔，今天的業績看起來也不賴的樣子嘛。因為今天很暖和，就來一罐冰涼又充滿氣泡的那個好了。」

說曹操，曹操就到。是拉蜜絲和休爾米。

那些情侶在不知不覺間消失了蹤影。你們相處融洽是很好啦，但可以到其他地方去培養感情嗎？我可是沒有肉體、跟戀愛完全無緣的一台機器耶。

我可……可不是在羨慕他們喔。下次，為了祝福這些人，就送上溫熱的碳酸飲料當禮物吧。

「阿箱，明天就要出發了，你沒問題吧？」

「歡迎光臨。」

畢竟是之前早已經知道的事情，所以也沒有理由拒絕。

儘管擔心的事情多到說不完，但拉蜜絲渴望自己能變得更強。我跟她可算是一心同體的關係，必須彌補彼此不足的地方才行。

呃，嗯。雖然說得很了不起，但有著壓倒性不足的是我才對。因為我連四肢都沒有嘛～總是得仰賴拉蜜絲幫忙。

「對喔，妳之前說要跟愚者的奇行團一同去執行任務。是明天出發啊？」

「沒錯，休爾米。呃……我記得是要去偵察鱷人魔的活動狀況。」

「鱷人魔……棲息於清流之湖階層的三大勢力之一嗎？」

如同休爾米所言，棲息於這個階層的魔物，大致上可以劃分成三種。長得像半蛙人的蛙人魔、之前襲擊聚落的蛇雙魔，以及能用雙腳步行，但不是蜥蜴人，而是鱷魚人的鱷人魔。

看樣子，這是個青蛙、蛇和鱷魚共存的階層。在見識過青蛙和蛇之後，聽說還有另一種魔物的我，想到三者相互制衡的俗諺，原本還把最後一種魔物想像成蛞蝓了，結果原來是鱷魚嗎？

仔細想想，這裡是濕地區域，所以有蛞蝓出沒或許也很奇怪吧。

「因為我們前後打倒了蛙人魔和蛇雙魔，所以必須調查鱷人魔有沒有過度繁衍的樣子。討伐是次要的任務，基本上，只是要去調查牠們可能造成的威脅性而已。」

因為三大威脅之中，已經有兩者的勢力大幅減弱，所以有必要前往鱷人魔的棲息地帶調查。

要是發現牠們過度繁衍，似乎就會派遣討伐隊出征。

每個階層都有獨特的生態系統存在。要是生態平衡被破壞，必定會造成某種變異的現象。據說，三年前發生的那場慘劇，也是因為魔物勢力不均衡所導致。

「不趁現在調查清楚的話，以後確實會變得棘手吶。畢竟，蛙人魔王和巨大的蛇雙魔都現身過了。這個階層說不定已經發生了某種異常變化……拉蜜絲，如果情況不妙，妳可要趕快撤退喔。」

「嗯。要是遇上危機，我會跟阿箱一起逃跑。對吧？」

「歡迎光臨。」

為了隨時都能起動〈結界〉，在遠征途中，我得一直保持警戒才行。

一般情況下，去遠征需要進行很多準備，但我其實沒什麼要做的事呢。頂多就是調查一下新商品，讓自己能因應各種狀況，提供符合當下需求的東西吧。啊！多批一些食材給商店好了。

另外，還得用比較便宜的價格，批發大量的飲料給姆納咪的簡易食堂才行。雖然我也得離開聚落一陣子，但只要擬定讓熟客能繼續購買商品的對策，就萬無一失了。

我們要跟愚者的奇行團共赴遠征一事，似乎也傳遍了整個聚落。或許有很多人想囤貨吧，今天直到深夜，都還不斷有客人造訪。

隔天早上，拉蜜絲和休爾米在我身旁一起吃早餐。

雖說要前往遠征，但拉蜜絲也只有換上皮甲、套上一雙看起來很耐穿的鞋子、在腰間掛上小小的布袋、搬出用來揹我的改良式後揹架。除此以外，她沒有再多準備其他東西。

有我在的話，糧食就不成問題。而我也能夠提供光源，所以不需要照明道具。就寢的時候，如果睡在我身邊，透過我的保溫功能，可以把周遭過冷或過熱的空氣，調節成有助入睡的宜人溫度。再不然，我也能提供保暖用的大浴巾。

這樣的話，拉蜜絲就不需要再攜帶其他道具了呢。而且，畢竟她得揹著我，所以也無法同時提著比較大的行李吧。愚者的奇行團似乎會幫忙準備最基本的生活工具，因此不需要太過擔心。

「嗨～拉蜜絲、阿箱。你們都準備好了嗎？」

和這個嗓音一同出現的，是將那頂宛如正字標記的牛仔帽斜斜戴在頭上，蓄著一臉鬍渣的做作男凱利歐爾團長。藍髮的副團長菲爾米娜小姐也在他身旁。

「各位早安。如果沒問題的話，我們把山豬貨車停在大門口了。」

「好的～我們都準備好了。走吧，阿箱。嘿咻！」

拉蜜絲一如往常地輕鬆將我揹起，跟在團長和副團長身後踏出步伐。因為整個冬天都一直窩在聚落裡，感覺好久沒到外頭去了呢。比起異世界，我覺得最近的自己，更像是待在奇幻電影的拍攝現場。

到了冬天，很少人會維持全副武裝的狀態。大部分的人都做相當簡素的打扮，讓我有時會忘記自己身處異世界的事實。不過，偶爾現身的熊會長，以及其他長著動物臉的獸人，總會將我拉回現實就是了。

這個世界的獸人，並非是只生著獸耳或尾巴的夢幻存在，而是從頭到腳都是動物的模樣。半蛙人亦是如此。基本上，他們還是有著動物的骨骼，只是外型看起來更貼近人類。

「一直在牆壁內側生活，實在讓人悶得發慌吶。要是沒有偶爾外出透透氣，感覺整個人都要爛掉嘍。」

「歡迎光臨。」

出聲回應的同時，我才發現休爾米跟我們並肩走了出來。她打算送我們到門口嗎？

「那就是愚者的奇行團私人的山豬貨車。」

菲爾米娜所指的方向，停著由一頭巨大的烏納斯斯拉動的山豬貨車。因為停駐的場所距離大門口很近，卡利歐斯和戈爾賽正在那附近，與看似團員的獵人們閒聊。

「喔，拉蜜絲、阿箱。路上多小心啊。啊，等等，我想先囤一點商品。」

「我也買一些吧。」

畢竟接下來會一陣子無法見到面呢，我建議你們多囤一點貨喔。

因為這兩人都買了很多商品，所以我稍微調整了吃角子老虎遊戲的中獎率，讓戈爾賽一人中獎。可不是因為某個現充最近老是高調放閃，讓我覺得很煩躁，才這樣偏心喔。

「啊，你帶他們過來了嗎，團長。拉蜜絲小姐、阿箱先生，多多指教喔～」

「喔，歡迎啊，兩位……或說是一人跟一台？請多指教嘍！」

「多多指教～」

這個團的團員，相處起來的感覺就像一家人。儘管還是存在著上下關係，但基本上都是些愛裝熟的人。這次，參加遠征的愚者的奇行團團員，有團長、副團長、討伐蛙人魔時也在場的那名女性狩獵者，以及看似雙胞胎的兩名活潑青年。

「好～要出發嘍。趕快準備吧。」

凱利歐爾團長踹了貨車的車輪一腳，催促在有遮雨棚的載貨台上休息的雙胞胎起身。雙胞胎們走到車伕的座位上，團長和副團長則是爬上載貨台。

「拉蜜絲、阿箱，你們也上來吧。」

「沒關係，我直接用跑的就好！這樣也能順便鍛鍊。而且，如果把阿箱放上車，烏納斯斯應該會拉得很吃力呢。」

嗯，畢竟我等於好幾個成年人的重量嘛。或許比所有人都坐上車的總重量還要重呢。

「那就讓老娘坐上去吧。」

語畢，原本只是到門口為我們送行的休爾米，突然跳上了山豬貨車。呃……咦咦咦！

「咦，妳也要一起來嗎，休爾米？」

「對啊。既然要調查怪物的生態，有知識豐富的人在場，會比較有利。這可是熊會長委託老娘的任務喔。」

她大概是為了讓我們大吃一驚，才一直隱瞞到現在吧。話說回來，休爾米確實沒有特別表現出擔心我們的樣子呢。

儘管團名很奇特，但愚者的奇行團的成員確實個個身手高超。如果有他們擔任護衛，就算是沒有戰鬥能力的休爾米，應該也能放心同行。然而，在這個魔物橫生的異世界，沒人知道下一秒會發生什麼事。

待在休爾米身旁時，我還能保護她，不過，因為我多半都會跟著拉蜜絲一起移動，所以她基本上可能都會躲在貨車上吧。

冒險嗎……以一台自動販賣機的模樣轉生到異世界的我，一般情況下，應該一輩子都只會是個販賣商品的鐵箱。沒想到，現在竟然能像這樣出發探索迷宮的內部。

人生——自動販賣機生還真不知道會發生什麼事呢。

拉蜜絲以不輸給山豬貨車的速度奔跑前進。在她背後搖晃的我，感慨萬千地眺望著距離愈來愈遙遠的聚落。

好旅伴

眺望著草原和飄浮在天空中的點點雲朵的我，正被一名少女搬運著……要是深入思考這種情況就輸了。

從一大早出發之後，約莫過了三小時，我們停下來稍做休息。

體型巨大的烏納斯斯看起來還很有活力，在牠身旁跟著跑的拉蜜絲也沒有露出半點疲態。現在想想，她的體能真的很不得了耶。

既然這樣，應該不需要休息才對……我原本這麼想，後來才知道這是上廁所的休息時間。這支遠征部隊的成員以女性占多數，所以，上廁所的地點跟時間都是必須考量的問題。不像男人，如果只是小便的話，隨便找個地方就能解決了。

這是在遊戲中不會體驗到的女性真正的貼身問題呢。啊！我記得有個東西很符合這樣的狀況需求呢。

我選擇了位於功能清單下方的「那個」，用點數兌換後，馬上變形成那種功能的專用模式。

看到被放在載貨台一旁的我變形的光景，雙胞胎和女性狩獵者都吃驚地張大嘴巴。他們沒看過我變形嗎？

「咦，阿箱，你又要展示什麼新功能給我們看啦？嗯？旁邊還多出一個東西耶。」

如同休爾米所言，這次，除了本體變形以外，我的身旁還多出一個物體——高度和我完全相同、看起來像個狹長型置物櫃的東西。

這個物體的下半部是垃圾桶。上半部有一塊嵌入式的蓋子，把它打開後，可以看到裡頭放著折疊椅、紙箱，以及另一種細長型的紙箱。

「這是什麼？你會在這個時間點變形，就代表這麼做是有某種用意的吧？」

「歡迎光臨。」

「總之，先把裡頭的東西拿出來好了。可以嗎？」

「歡迎光臨。」

休爾米大膽地把櫃子裡的東西拿出來，拉蜜絲和愚者的奇行團成員，也倍感興趣地探頭過來看。

「這是能折起來的椅子嗎？不過，為什麼坐的地方挖了一個洞啊？這個觸感很不可思議的箱子，裡頭放著觸感同樣很奇妙的紙？可以打開它吧？」

「歡迎光臨。」

「那老娘就隨便碰嘍，要是不行，你再出聲阻止吧。喔，這個感覺很耐用的紙，是袋狀造型的吶。」

「嗳，休爾米。那個袋子，是不是剛好能塞進中間挖了洞的椅子裡？」

「嗯~喔！大小完全符合吶。幹得好，拉蜜絲。剩下這個細長型的大箱子嗎？老娘要打開嘍……裡頭是透明的袋子，然後袋子裡……唔喔喔喔！」

休爾米拿出來的那個東西，「砰」一聲伸長為原本的三倍。那是設計成只要攤開來就能使用的折疊式帳棚，非常方便。

「嚇……嚇了老娘一大跳啊。這是已經有既定外型，只要稍微觸碰一下，就能夠變回原狀的設計嗎？說不定是某種魔法道具吶。」

雖然吃了一驚，但休爾米似乎還是敵不過自身的好奇心。儘管有些戰戰兢兢，但她還是順利把小型帳棚攤開來。

「內部剛好能容納一個人、看似帳棚的物體。挖了一個洞的椅子和袋子……喂喂喂，這難不成是簡易式廁所？」

聽到休爾米這麼大喊，女性陣營的眼神全都變了。

沒錯，這是作為賑災措施的一環，而設置在自動販賣機旁的災害用簡易式廁所。近年，大型天災頻傳，災害時的如廁需求，也因此演變成相當重大的問題。於是，有自動販賣機的廠商主動提供簡易式廁所的服務，並把放著相關用品的櫃子設置在自動販賣機旁邊。

儘管為數還不多，但我很希望能支援有這份心意的廠商。所以，只要看到和簡易式廁所一起設置的自動販賣機，我就會上前買點東西。

「這個小型帳棚還有蓋子，可以讓外頭的人看不見裡面的人在做什麼。而且，上完廁所之後，把這個袋子密封起來的話，味道也不會外漏。」

「妳……妳說的都是真的嗎！」

副團長菲爾米娜小姐罕見地提高音量，同時逼近正在進行說明的休爾米。

「對……對啊。應該錯不了。放在袋子底部的物體散發出一股香味，大概有除臭的效果吧。是嗎，阿箱？」

「歡迎光臨。」

「看來是這樣沒錯嘍。」

聽到這裡，女性成員們爭先恐後地擠到簡易式廁所旁。首先，由休爾米入內測試是否真的能使用。看到她一臉滿足地步出帳棚後，女性成員們開始在外頭排成一列。

「阿箱，這玩意兒真的很不賴喔。這樣的商品，就算得掏出金幣來購買，或許也會有獵人買單吶。」

看來，女性的如廁問題比我想像的還要嚴重耶。因為這是賑災服務的一環，所以不會收取費用。

不過，在使用過簡易式廁所之後，女性成員們紛紛過來向我道謝，也順便買了飲料。我想這樣就可以了。

「怎麼樣？都是因為我去挖角阿箱，妳們才有這麼方便的廁所可用喔。好啦，儘管表揚、誇獎我這位團長吧。」

「這只是因為阿箱先生很厲害而已，並不是團長的功勞。」

被菲爾米娜小姐毫不留情地吐嘈之後，團長離去的背影看起來有點落寞。

簡易式廁所受到女性陣營的熱烈歡迎。之後，眾人在地上挖了一個洞，將裝著穢物的紙袋埋起來。被當成商品賣出去的東西，可以由我來控制是否要讓它們消失。考慮到土壤汙染的問題，我選擇讓埋入地底的袋子消失，所以那些穢物之後也會跟土壤同化，加入大自然的循環吧。

待眾人使用完畢後，簡易式廁所被重新折疊起來，然後放在載貨台上。其他的賑災用品組也會消耗我的點數，所以先不要讓它們消失，交給愚者的奇行團保管吧。但在遠征結束後，我會回收這些東西就是了。

「順便來提早吃午餐好了。」

好啦，接下來才是我原本的工作呢。在玻璃板後方排排站的商品，現在一律以在聚落裡販售時的半價，甚至更低的價位提供。

一般來說，在這種情況下，就算把售價調得高一點，商品同樣賣得出去。不過，愚者的奇行團事前有約定會把酬勞分給我們。如果現在給他們這樣的優惠，在拉蜜絲日後想繼續以獵人身分活動時，應該能成為不錯的宣傳。

「把穀物烤得硬梆梆的這個，好好吃啊～」

「喔，真的假的？這個風味濃郁的麵也很讚呢。」

雙胞胎青年獵人感情融洽地和彼此分享食物。他們一個是紅髮、一個是白髮。我就在心底幫他們取個「紅白雙胞胎」的雙人組名稱好了。順帶一提，其他團員也是直接以髮色稱呼他們「阿紅」和「阿白」。

「呼～～在遠征時也能吃到這麼美味的食物，我有來參加真是太好了！」

身為弓箭手的那名女性團員，蓄著一頭幾乎讓後頸完全裸露在外的短髮，乍看之下像個男孩子。不過，她卻有著像動畫裡的萌女角那樣又尖又細的嗓音。

她的面前擺放著章魚燒、炒麵、杯麵、炸雞和兩公升的瓶裝可樂——不，應該說是曾經擺放著。因為這些容器的內部全都空空如也，不剩半點內容物。明明是個身型嬌小的女孩子，卻一個人吃光了這麼多食物嗎？感覺是大胃王冠軍都會嚇一大跳的食量耶。

「莯伊還是一樣很會吃呢。幸好有阿箱先生在，我們這次可以不用為了糧食庫存而苦惱了。」

菲爾米娜副團長以手指把玩自己的藍色大波浪長髮，邊說邊嘆了一口氣。

要是和這樣的大胃王一起去長期遠征，感覺馬上就會陷入糧食不足的危機。

「這次不用把魔物整隻抓起來烤了嗎！」

「啊啊，太好了……真的是太好了。」

說著，紅白雙胞胎開心地抱在一起。他們每次都會抓魔物來吃嗎？之前的蛇看起來很美味，但半蛙人吃起來又如何呢？話說回來，剛遇見拉蜜絲的時候，她好像有打算把半蛙人抓來吃嘛。

對於食用魔物一事，這個異世界的居民似乎完全不排斥的樣子。獵人在野外能吃到的食物，基本上也只有肉乾類，或是加了香草的鹹食，所以能理解自動販賣機的食物讓他們大受感動的理由。

再加上剛才的簡易式廁所……如果和獵人的隊伍短期同行，然後跟他們做生意的話，感覺能大賺一筆呢。因為需要能搬運我這台自動販賣機的人力，因此，他們加害於拉蜜絲的可能性也會降低。

不過，若是把安全性列入考量，加入像愚者的奇行團這種優秀獵人群聚的隊伍，恐怕是最理想的……唔~不管我再怎麼煩惱，最終選擇權都還是在拉蜜絲手上。雖然無法給予半點建議，但我就趁這次的遠征，好好觀察這個團隊吧。

儘管我暗自下定這樣的決心，但目前並沒有發生什麼特別的狀況。休息片刻後，我們繼續前進。路途中不時出現的半蛙人，或是體型偏小，但也有一個成年人那麼巨大的雙頭蛇，都接二連

三被來自遠方的箭矢和水系魔法貫穿了身體。

除此以外，躺在遮雨棚上方的團長偶爾擲出的小刀，也總是精準命中魔物的頭部。牠們以頭上露出一截劍柄的狀態，直挺挺地向後倒去。

水準完全不一樣呢。也難怪年輕一輩的獵人會這麼崇拜他。在蛙人魔王一戰時，我也曾見識過這群人的身手，不過，像現在這樣以悠哉的心情觀察的話，實在讓人不自覺想出聲讚嘆。

因為沒有半個敵人能靠近這輛貨車，所以，目前還沒有雙胞胎和拉蜜絲應戰的機會。

「阿箱，我是不是也做點什麼比較好啊？你覺得扔石頭怎麼樣？」

投擲啊……雖然拉蜜絲基本上有點笨拙，但應該可以透過這樣的攻擊方式，來活用她那股怪力吧。有沒有什麼適合拿來扔的商品呢……

如果用鎖鏈纏住我的機體，再把我拿起來甩的話，應該能達到相當驚人的攻擊效果，但拉蜜絲絕對不會選擇這麼做吧。

唔～投擲用武器嗎？令人懷念的玻璃瓶果汁如何？它本身的重量和硬度都很適中，感覺可以期待作為武器的威力呢。而且瓶身也不會太大，應該很好扔才是。

凡事都要試試看才知道。我將玻璃瓶果汁上架，然後在取物口落下一瓶。

被拉蜜絲揹在背上的我，這次是正面對著她的背後的狀態。雖然有點勉強，但如果她把手往後伸，還是有辦法探入取物口裡頭。她就這樣一邊奔跑，一邊把玻璃瓶掏了出來。

「嗯？這是那種很多氣泡的果汁對吧。咦，但這個瓶子好硬呢，跟之前的都不一樣。」

「應該是要妳把這個拿來扔的意思吧？」

休爾米從載貨台上探出頭，給了拉蜜絲這樣的建議。

聽到她的意見，拉蜜絲恍然大悟地以拳頭敲了敲掌心，再朝休爾米重重點頭。這時候，前方很巧地出現一隻半蛙人，於是拉蜜絲便將手上的玻璃瓶猛地扔出去。

完全朝另一個方向飛出去的玻璃瓶，就這樣消失在草叢裡。那隻半蛙人還露出傻眼的表情聳了聳肩。

「唔唔唔唔～真不甘心～～」

她果然還是無法好好控制自己的怪力嗎？雖然能扔東西攻擊，但準確度就……不提也罷。要是把我整台扔過去，命中率或許還比較高呢。

不過，那隻半蛙人之後就被一箭射穿腦袋而倒地了。看來，暫時不會有拉蜜絲上場的機會了。

鱷魚與因應對策

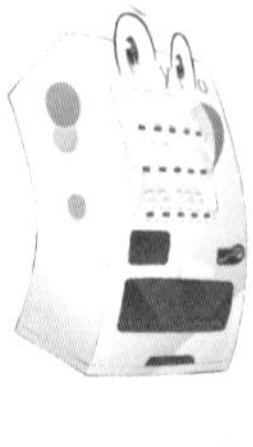

山豬貨車在石山的凹陷處停下來後，躺在遮雨棚上方的男子伸直了四肢開口：

「呼啊啊啊啊～～現在已經進入那些傢伙棲息的地帶了，你們可要提高警覺喔～」

「那請你也從遮雨棚上頭下來吧，團長。」

「從底下用長矛刺他好了。」

我覺得不錯喔。這是個很棒的點子呢，紅白雙胞胎。

自我們離開聚落後，已經過了兩天，到今天邁入第三天。在某個應該是太陽的行星移動到天空正上方時，我們似乎進入了鱷人魔的勢力範圍。

「團長，請你別鬧了，快點下來。我們的目的可是偵察和調查呢。」

「是～唉唉，我們的副團長真的很愛生氣耶。」

為了不讓帽子飛走，凱利歐爾團長以右手按壓著帽子，從遮雨棚上方跳下來。令人不甘的是，我竟然覺得他這一連串俐落的動作有點帥氣。

「那麼，阿紅、阿白。偵察任務就拜託你們啦。」

「收到嘍～」

「遵命，老大～」

這兩個人是負責偵察工作的成員啊？他們看起來像是專門炒熱氣氛的耶，就是現充集團裡至少會有一個的那種人。感覺很適合「耶～耶～」地起鬨呢。

雖然長得還不錯，但兩人說話的語氣都很輕佻，個性感覺也挺輕浮的，再怎麼樣，我想拉蜜絲和休爾米都不可能迷上他們吧。

阿紅的武器是稍短的長矛，阿白則是短劍。他們身上穿的防禦裝備，看起來像是材質很厚的男用襯衫，顏色則是有些斑駁的褐色。或許已經使用了相當久的時間了吧。

喔，表情瞬間從這兩人的臉上消失了。他們的眼神變得相當犀利，散發出來的氣場也和剛才截然不同。如果一直維持這種感覺，應該會很受異性歡迎才對。

壓低身子的兩人。在又高又茂密的雜草群中緩緩消失蹤影。儘管這裡是連走路都有點吃力的濕地，他們跑步時卻能夠不發出半點聲響。不同於外表給人的印象，他們或許其實是相當優秀的人才呢。

「好啦，就暫時放輕鬆等他們回來吧。阿箱，有沒有什麼好吃的點心啊？」

「我想喝甜甜的茶。」

「歡迎光臨。」

團長和副團長都放鬆下來了呢。感覺一丁點都不擔心那兩人。身為團員的另一名短髮女子，也只是忙著調整自己的弓，看起來完全不在意前往偵察的雙胞胎。他們似乎都對那兩人信賴有加。

拉蜜絲倚著我的背後，看似很舒服地午睡著。對鐵鋁罐的構造十分好奇的休爾米，完全沒喝自己買來的罐裝飲料，只是不停把玩罐子，然後在筆記本上振筆疾書。

在鱷人魔出沒的地帶顯得毫無警覺的他們，其實都有著一流的戰鬥能力。所以，或許也輪不到我來警戒吧。然而，為了不重蹈上一次的覆轍，我可不能掉以輕心。

在太陽有一半沒入山頭的現在，愚者的奇行團團員們開始進行野營的準備。拉蜜絲原本也想幫忙，卻被柔聲婉拒了。無法確實控制一身怪力的她，有時會把備用品或道具弄壞。團員們或許是在警戒這一點吧。

看到拉蜜絲帶著有些落寞的表情在我身旁坐下，我落下一罐熱奶茶給她。

不用在意這種事喔，妳大可對自己更有自信一點。看看休爾米吧。陷入熟睡的同時，她還很豪爽地替完全坦露在外的肚子抓癢……嗯，這倒沒必要效法。

「我們回來了～」

「回來嘍～」

唔喔！嚇我一跳。不知何時，紅白雙胞胎突然並肩出現在我的身旁。雖然我不知道自動販賣機能否察覺到他人存在的氣息，但我真的壓根沒發現他們呢。

「團長，我們調查完畢了。」

「辛苦啦。再等一下就能吃飯了。在這之前，先報告一下吧。」

「遵命，老大～呃……應該是從這裡朝東北方前進約兩小時的地點吧，阿紅？」

「沒錯，阿白。那裡有個小型沼澤，大概有三十隻在裡頭活跳跳的吧。」

沒想到他們也用阿紅和阿白來稱呼彼此啊。不過，他們的報告內容感覺很粗略耶，這樣真的沒問題嗎？我不禁有點擔心呢。

「聚集了三十隻……這樣算是多大的群體？」

團長將視線移向睡醒之後，馬上又開始研究寶特瓶材質的休爾米身上。

「嗯～據說鱷人魔群體的人數基本上從十起跳，最多不會超過五十。三十隻的話，應該算的上是中等規模的群體了。一隻的體型大概多大？」

「嗯～牠們站著的時候，感覺跟我們差不多高吧，阿白？」

「對啊，阿紅。應該跟我們一樣高。」

雖然比我矮了一點，但鱷人魔的個體感覺還滿高大的呢。從半蛙人的外觀來聯想的話，大概是鱷魚挺直背脊，用兩隻後腳行走的感覺？如果牠們的手腳還是一般鱷魚那樣的長度，感覺行走速度會很慢呢。

「比一般的個體更小隻吶。普通的鱷人魔應該能長到兩公尺左右的大小。因為青蛙在過度繁殖後聚集成群體，讓他們無法輕易展開攻擊，所以陷入糧食不足的情況了嗎……不對，要是有三十隻，應該有能力襲擊數量近百的群體？」

也就是說，用單純一點的計算方式的話，鱷魚人的力量大概是半蛙人的三倍吧。鱷魚有著堅硬到可比鎧甲的外皮，身後的長尾巴和血盆大口也都是很強力的武器呢。所以，兩者之間有著這樣的實力差距，也沒什麼好奇怪的。

「我們不是專攻這個階層的人，所以不太清楚，不過……在這個階層的三大勢力中，鱷人魔應該是最凶暴的種族吧？對牠們而言，蛙人魔增加的話，等於食物也變多了，這不是值得大肆慶祝的事嗎？」

「一般都會這麼想吧。不過，這次還出現了蛙人魔王。現在，王現身的條件仍然不明，但除了驚人的戰鬥力之外，那傢伙能夠將所有群體統一起來，也是問題所在。比較小型的群體，或是和群體失散的蛙人魔，都會因牠而群聚在一起。」

「所以，鱷人魔才無法隨便對牠們出手嗎？之前攻擊聚落的那頭巨大蛇雙魔，也有著超出平均值的體型吧？」

啊~我也想知道這個問題的答案呢。根據之前聽來的情報，蛇雙魔基本上都是單獨行動，體型大概也只有兩公尺左右才對啊。

「蛇雙魔這種魔物，會在反覆的獵食和脫皮後，變得愈來愈大隻。不過，因為牠們的肉是高級品，身上的素材也十分值錢，通常都會成為獵人們狩獵的目標。再加上牠們又總是單獨行動，可說是再理想不過的獵物了。」

蛙人魔是鱷人魔和蛇雙魔的獵食對象。

蛇雙魔則是獵人的狩獵目標。

鱷人魔就……沒人理睬了嗎？

「總之，現況大概就是～被當成糧食的蛙人魔都聚集在蛙人魔王的身邊，蛇雙魔又把剩下為數極少的蛙人魔補食殆盡，然後愈長愈大，所以也無法對牠出手。在糧食不足的情況下，鱷人魔的群體就變得比較弱小了。」

「原來如此～既然這樣，應該也不用對牠們出手，放著不管就好了吧？」

「團長，鱷人魔可是肉食性魔物呢。在缺乏糧食的狀況下，為了填飽肚子，你覺得牠們會轉而襲擊誰？」

「嗯，應該是我們人類吧。那麼，還是讓牠們全滅比較好嘍。」

不知道這個階層的生態系是怎麼樣的？要是讓魔物全滅，這個種族就會從階層中徹底消失嗎？還是說，牠們會透過迷宮某種不可思議的力量重生？

要是詢問休爾米，她應該會很開心地告訴我吧。但我沒有提問的方法。
「說得也是。把比較靠近聚落的群體全數殲滅，應該不會有問題。」
副團長菲爾米娜很罕見地同意了團長的說法。
話說回來，從清流之湖階層的一頭走到另一頭，好像需要三星期以上的時間。這個群體距離聚落只有兩、三天左右的腳程，所以，可以理解把牠們全滅也無所謂的理由。
「那麼，到底要怎麼辦呢？畢竟，委託內容只在於收集鱷人魔群體的情報而已，就算不撂倒牠們，也能確保一定的收入。」
「可是，鱷人魔的素材能賣到很不錯的價錢呢。如果這個群體比較弱小，由我們動手削減一些數量，應該也不失為一個好辦法。牠們的素材很值錢喲。」
咦，難得看到菲爾米娜副團長表現出如此好戰的態度呢。呃……難道愚者的奇行團有營運方面的困難？
「一扯到錢的問題，副團長就變了個人呢。」
「平常明明那麼冷靜沉著的說。」
「她之前也曾生氣地質問我『妳這樣是不是吃太多了』呢。」
其他團員們聚集在一起竊竊私語。
我論副團長只是一名守財奴的可能性……不過，跟在那種看起來很隨性的團長身邊，對於金錢的控管自然會變得嚴格吧。光是從旁觀察，我就覺得她很辛苦了呢。

「要擊退牠們的話，該怎麼做才好呢……選擇在晚上進攻這種經典方式嗎？」

「別這麼做比較好喔。鱷人魔是夜行性的魔物，到了晚上會變得更凶暴。」

「咦～原來是這樣啊。」

咦～原來是這樣啊。啊，我跟拉蜜絲做出一樣的反應了。休爾米真的無所不知耶。

鱷魚的生態嗎……以前，我去看動物園裡頭的飼料自動販賣機時，也曾順便看了鱷魚的園區。那時，解說看板上寫了些什麼呢……

印象中，鱷魚的飼料是……我好像有看過餵食員拿魚和雞肉給牠們吃。自動販賣機無法販賣生食。魚肉……魚漿……竹輪不知道牠們會不會吃？

至於其他特徵……啊！之前有聽說半蛙人到了冬天，活動力會降低，那麼，鱷魚人或許也不喜歡寒冷的環境？因為鱷魚是變溫動物，所以應該有這種可能性。

而且，這次的委託內容，似乎就是「在鱷魚人正式進入活動期之前進行偵察」。現在時值初春，氣溫正開始慢慢回升。怕冷啊……咦，應該可行喔。

「那麼，今晚就好好休息，到了明天早上再採取行動吧。針對和群體分開的個體，一一擊退牠們～」

「說得也是。那麼，等明天再正式採取行動，現在就先準備晚餐吧。阿紅、阿白，麻煩你們巡視周遭的環境。」
「咦咦咦——我們才剛剛結束偵察行動回來耶。」
「太霸道了～我們強烈要求業務改進～」
「好啦好啦，我也會幫忙的，走吧。」
女性弓箭手介入滿嘴抱怨的雙胞胎之間，勾住他們的手臂，硬是將兩人拖走。
吃完用我提供的食材做成的晚餐後，拉蜜絲和休爾米自告奮勇地表示要去附近巡邏，所以我也暫時將機體的燈光熄滅，跟她們一起出發。
「明天要開戰了嗎？這樣的話，老娘就幫不上忙了。拉蜜絲、阿箱，你們可別太勉強自己喔。因為糧食不足，鱷人魔的性情很可能變得更凶暴了。要是苗頭不對，記得起動結界保護拉蜜絲喔，阿箱。」
「歡迎光臨。」
「我就靠你嘍，阿箱。」
沒問題。關於防守的任務，我可是再擅長不過了。因為囤積了不少點數，在情況危急的時候，我會堅持防守體制到最後。
「要是老娘也能幫上什麼忙就好了。」
啊，關於這點，我剛才想出來的方法，不知道能不能讓休爾米察覺到呢。總之，先試試看吧。

「說到鱷人魔的弱點……喔！怎麼啦，阿箱？你又變成奇怪的形狀了耶。」

現在，我的外型變得比之前更細長，大半部的機體變成白色，上方還浮現了一行「ＩＣＥ」的字樣。取物口也變大許多，寬敞到可以輕鬆放進一個小水桶。

「這是賣什麼東西的機器啊？你應該不會毫無意義地變身嘛，阿箱？」

妳很了解我呢，拉蜜絲。至於這是什麼東西的販賣機，等妳們實際看到商品，就會明白嘍。

我讓體內的裝置開始運轉，在取物口落下大塊的冰磚。這是超市和魚貨市場常見的冰塊自動販賣機。

「喔！這是冰塊嗎？有種能在夏天大撈一筆的預感吶。」

「嗚哇，好冰喔！可是，給我們冰塊，是要做什麼呢？」

「從剛才的對話內容來判斷，或許是要我們活用這些冰塊擊退鱷人魔？」

「是要拿冰塊扔牠們嗎！」

雖然很像拉蜜絲會說的答案，不過，我只能回以「太可惜了」。

「冰塊、鱷人魔、生態……這樣一來，答案就只有一個了。阿箱，你有辦法提供多到能堆成小山的冰塊嗎？」

「歡迎光臨。」

「原來是這麼一回事啊。感覺會很有趣喔。」

「嗳嗳，也跟人家說明一下嘛！」

啊，跟不上這個話題的拉蜜絲，現在鼓起腮幫子鬧彆扭了。

詳細說明就交給休爾米負責吧。一旦開始使性子，拉蜜絲就會變得不聽別人說話呢……之後拜託妳嘍。我會代替妳努力警戒周遭的。

看著休爾米安撫拉蜜絲的光景，我將全方位視野做最大的活用，在拉蜜絲心情變好之前，獨自監視著周遭的環境。

隔天，聽完休爾米說明作戰計畫後，愚者的奇行團團員也相當贊同，因此答應協助我們。在紅白雙胞胎的帶路下，我們來到一條和池塘相通的小河旁。被拉蜜絲設置在河畔的我，開始大量排出冰塊。

這條小河的寬度不到三十公分，所以水量也不算多，但我排出來的冰塊，全都順利地浮在水面上，然後流進池子裡。

好，就卯起來提供冰塊吧。最大的疑問，大概就是這些冰塊究竟能讓水溫降低多少了。不過，沼澤的規模並不大，再加上現在仍是初春，池水的溫度原本就很低，因此冰塊應該也不容易融化。鱷人魔棲息的那片沼澤看似很淺，所以水溫八成會降低不少……但願是這樣就好。

待在水裡的時候，似乎是鱷人魔最不好對付的狀態。就算牠們只是因為水溫降低而離開沼澤，對我們的戰況也會有很大的幫助。所以，現在是冰塊的跳樓大放送時間。

伴隨著喀啦喀啦的聲響，大量冰塊不斷從我的體內排出。生產冰塊所需的點數很少，所以，就算持續排放冰塊一小時，也不至於消耗過多點數。

如果這麼做，能稍微降低鱷人魔的體溫，讓牠們的動作變得遲緩，可是我們賺到了呢。能讓拉蜜絲的戰鬥變得輕鬆的話，這點程度的花費算不上什麼。

鱷魚撲滅行動

「團長，鱷人魔陸續上岸了。牠們一個個冷到直發抖呢～還懶洋洋地躺在地上休息。」

前往偵察沼澤的現況後，阿紅回來報告了這樣的結果。

躺在一塊大岩石上頭的凱利歐爾團長舉起一隻手，以「辛苦啦」回應他。

「雖然計畫進行得很順利，但牠們就算現在躺在地上不動，只要我們一進攻，其他同伴也會馬上起身反應。副團長，能不能用濃霧魔法模糊牠們的視野？」

「不是不可能。不過，想讓濃霧籠罩整片沼澤，還是太勉強了一點。」

喔喔，濃霧魔法啊。瀰漫在沼澤上方的濃霧，感覺別有一番風情呢。

雖然很想見識一下，但範圍太廣了嗎……想讓沼澤產生霧氣的話，我說不定可以用「那個」來幫忙？

「那麼，要怎麼做呢……讓那些傢伙分散開……你在幹嘛，阿箱？」

目睹我變形的光景，凱利歐爾團長頭上的帽子歪向一邊。這次，我變成一個銀色圓柱型的機體，正中央還有一扇透明的門。

打開門之後，內部的銀色管子掉下一塊白色的物體。那樣物體一動也不動，在取物口裡頭不斷散發出白色的霧氣。

「嗯，這是什麼？說是冰塊，看起來又沒那麼透明。是把雪弄成一塊固體嗎？」

這個新玩意兒引起了團長的興趣。他從大岩石上跳下來，將臉湊近那塊白色物體觀察。看到他企圖用手去戳，我再次落下一塊白色物體，同時出聲表示「太可惜了」。

「團長，我覺得阿箱應該是要你『別去摸那個東西』的意思喔。」

「直接用手觸碰，說不定會有危險吶。」

「歡迎光臨。」

兩人都答對了。比起理論，實際證據會更有說服力。我這麼想著，繼續掉出更多的白色物體，結果有幾塊從取物口溢出，然後掉進河裡。接觸到水的瞬間，白色物體噴發出大量的蒸氣。

「唔喔！怎麼搞的？它噴出一堆煙霧了耶！」

團長敏捷地從我的前方跳開，直直盯著被沖走的同時、還不斷噴出白色煙霧的白色塊狀物——也就是乾冰。你的反應真不錯啊。

不管是誰，應該都嘗試過把乾冰放進水裡後，會不斷冒出白煙的遊戲吧。我想，或許能用這樣的效果來代替濃霧，不知道其他人覺得可不可行？

「太厲害了，阿箱先生！把我的濃霧魔法和這種物質並用的話，或許就能讓沼澤一帶都瀰漫著白霧了。」

「你挺有兩下子的嘛，阿箱。不愧是被我相中的魔法道具。」

「你比團長更有用呢。」

「咕哈！」

聽到身為副團長的菲爾米娜冷酷無情的感想，團長用手按壓著胸口，向後退了好幾步。

「啊，乾脆讓阿箱來當團長好了？」

「這主意不錯耶，阿白。『愚者的奇行團』這種團名實在很土氣，就改成『阿箱團』這種可愛的名字吧。」

「我……我絞盡腦汁想出來的這個品味超凡的團名，你們竟然覺得很土氣！」

團長奮力抵抗阿紅和阿白的落井下石。

「畢竟又是『愚者』又是『奇行』嘛。『阿箱團』聽起來很可愛，感覺會比較受女孩子歡迎呢。如果阿箱先生變成我們的團長，就可以每餐都隨意吃到飽了吧！我超級贊成！」

「唔喔喔喔喔喔喔……」

吃了女性團員的最後一擊之後，團長蹲了下來，不斷以拳頭搥著地面。太可悲了。

「好了好了，就玩到這裡吧。團長，不要鬧脾氣了，請你下達指示。」

「哼！你們就隨意去撂倒幾隻鱷人魔吧。我這個沒用的團長，會在這裡一邊喝甜甜的茶，一邊好好觀摩！」

啊啊，他邊說邊踢著河畔的小石子呢。這種鬧彆扭的方式也太明顯了吧。你是小孩子嗎！

當然，團長這樣的發言沒有被接受。其他團員直接動手將他拖走了。

「呃，我也要走了，可是你得一直排放那個白色的東西是嗎，阿箱？這樣的話，讓你跟休爾米留在這邊，可以嗎？」

「歡迎光臨。」

「喔，妳自己多小心啊。要是情況危急，就馬上回來。」

「嗯，那我走嘍～」

因為還得繼續排放乾冰到河裡，我暫時不能離開這個地方。無法跟拉蜜絲同行，讓我覺得有點不安。我們只是對勢力已經轉弱的敵人展開集團攻勢，所以應該不太可能敗陣下來，但背後少了她，總令人擔心呢。

「哎呀，放心吧。愚者的奇行團可是個高手雲集的獵人集團吶。他們自然也懂得拿捏撤退的時機。要是戰況危急，就會回來的。」

說著，休爾米體貼地拍了拍我的機體。

就相信他們不會有問題吧。我得專注在自己的任務上才行。我只能不斷將乾冰排放到小河裡，默默看著被河水沖走的它們，消失在自己製造出來的白霧的另一頭。

「好閒喔，阿箱。」

「歡迎光臨。」

這種情況下，非戰力的一人和一台就無事可做了。儘管我有努力排放出乾冰，但轉生到異世界，卻完全無法參與戰鬥，實在讓人有點愧疚。

「為了排遣這段閒暇時光，陪老娘聊一下吧。」

「歡迎光臨。」

「之前也有提過，這次的偵察任務，是會長直接委託老娘的。說是清流之湖階層最近的情況有點不尋常，所以希望老娘調查一下。透過這次的行動，如果發現鱷人魔也出現異常變化，就得多加注意。」

蛙王和巨大過頭的蛇接連出現。就算不是異世界居民的我，也能理解這樣的事態十分異常。所以，會想確認鱷人魔的狀況，也是理所當然。

「你應該不知道吧？在這個世界，每個階層都存在著被稱為『霸主』的生物。打倒霸主之後，就能夠通往下一階層。一旦被打倒，階層霸主幾乎都不會再復活，但偶爾還是會出現例外。至今，讓階層霸主復活的條件依舊不明，有些過了幾年就復活，有些則是過了幾十年才復活。」

霸主啊……就是以迷宮為背景的作品很常出現的那個吧？在每一層關卡的最後現身的大魔王。一般情況下，這類角色大概都會守在通往下一個階層的階梯外頭，或是某扇大門的前方。

「然後呢，關於這次的一連串騷動，會長在思考會不會是霸主復活引起的。他也有跟愚者的奇行團團長說過這番推論，所以，要是察覺到情況不妙，他們一定會毫不猶豫地撤退。噢，對了。聽說打倒霸主之後，可以拿到很不得了的寶物喔。雖然也可能只是個幌子啦。」

原來，這次的偵察任務還挺重要的嗎？不過，不知道這個階層的霸主是什麼樣的魔物？會不會是青蛙、鱷魚和蛇混在一起的合成獸之類的？

巨大的體型感覺是必備的呢。說不定體長會高達五公尺。如果能在安全的地方觀摩的話，我還滿想見識一下呢。

如果階層霸主真的復活了，可能要考慮移動到其他階層或地表了吧。不過，也只能交給拉蜜絲和休爾米決定了。

雖然很在意霸主的存在，但這一刻，拉蜜絲的安危更讓我……應該說，想到她可能會搞砸什麼，就讓我很不安呢。

「總而言之呢，不管怎麼樣，都不可能演變成一下子就把霸主引出來的狀態啦。」

休爾米，這種發言俗稱「立旗」喔。這類觸霉頭的話得放在心裡，不能說出口，否則有可能會讓它成真呢。

要是我能說話，還真想開口吐嘈一下休爾米。然而，這樣的想法隨即在下一刻煙消雲散。

「這股震動……是怎麼回事……」

我的機體接觸到地面的部分，感受到一股細微的震動。我帶著不好的預感望向聲響傳來的方向——發現山豬貨車正朝這裡猛衝過來。載貨台的遮雨棚不見了，可以清楚看見坐在車上的人。

紅髮和白髮的雙胞胎坐在車伕的座位上，身後則是表情看起來有些焦急的團長。女性弓箭手莯伊和副團長菲爾米娜，則是面向後方不斷發射箭矢和魔法。

拉蜜絲呢？拉蜜絲在哪裡？目前能見的範圍裡沒有她的……看到了！

閉著雙眼的她，一動也不動地靠在載貨台上。她……她沒事吧？

「喂喂喂，開什麼玩笑啊！可惡，竟然跟老娘猜想的完全一樣。是階層霸主嗎！」

階層霸主？要是能出聲，我真想吶喊著這麼問。

錯愕不已的休爾米，雙眼直盯著緊追在山豬貨車後方的那座小山。

這可不是我陷入錯亂的判斷。因為在後方追趕一行人的物體，看起來完全就是一座小山。和那個龐然大物相較之下，山豬貨車儼然成了迷你玩具，讓人不禁懷疑起這片光景的遠近感是否出了問題。牠的整體外觀像是一隻巨大的鱷魚——除了八隻腳和四隻眼睛的特徵以外。光是牠的腳掌面積，就跟整台山豬貨車差不多大了。雖然我有猜到階層霸主的體型會很巨大，但這未免也太誇張了。人類有辦法打倒這種生物嗎！

牠的八隻腳不停踩踏在地上，所以劇烈的震動也一直持續著，感覺我的機體都被震到要浮空了。

「啊啊，可惡！連階層地裂現象都一起來了嗎！」

休爾米恨恨地咒罵道。我隨著她的視線望去，發現地表出現龜裂的痕跡，甚至有光芒從那些裂痕中透出。那就是階層地裂現象嗎？

儘管仍搞不清楚現況，但我知道很不妙的事情正在發生。

該……該怎麼辦才好啊？山豬貨車正朝我們全速衝過來。雖然團員們應該能把休爾米拉上車，但恐怕……沒有餘力把我扛上去。

既然這樣，能做的也只有一件事了！

「拉蜜絲只是暈過去了而已！休爾米，把手給我！抓住我的手！」

「那阿箱怎麼辦！難道要把它留在這裡嗎！」

「歡迎光臨。」

我回答了休爾米對團長拋出的問題。

休爾米以愣愣的表情望向我。我起動〈結界〉，將她從我的身邊隔開。

「阿箱，你打算做什麼啊！」

「抱歉，阿箱。我們之後一定會回來找你！」

在山豬貨車從我身旁奔馳而過的瞬間，凱利歐爾團長探出上半身，使力將休爾米抱上車，然後——低頭向我表達歉意。

「可惡，快放手！阿箱……阿箱————！」

「期待您下一次的光臨。」

向一行人逐漸遠去的背影道別之後，我將視線移往自己的正前方。

拉蜜絲量了過去，或許算是不幸中的大幸吧。如果她是清醒的狀態，恐怕會從載貨台上跳下來，堅持跟我一起留在這裡。

現在，我只有一個任務。雖然是一台完全無法戰鬥的自動販賣機，但我至少能當個誘餌！我要變形嘍！

下一刻，我的機體伸長至三公尺高。接著，我把機身改成高調又顯眼的配色，還將上架商品清一色換成可樂。這是設置在某個主題樂園裡的巨大自動販賣機。想購買商品時，必須要有一個人在底下扛起另一個人才搆得著。

不斷逼近的八腳鱷魚，原本鎖定的目標是山豬貨車，但隨著我這個巨大又引人注目的物體出現，牠的注意力也被吸引過來。

牠的四隻眼睛現在全都盯著我瞧。為了讓牠加倍注意自己，我將音量調整到最大。

「歡迎光臨。歡迎光臨。歡迎光臨。歡迎光臨。」

聽到我宏亮的聲音，八腳鱷魚出現了反應。牠充滿殺氣的視線宛如利刃，狠狠貫穿我鐵打的機體。喔喔，好可怕～要是害我的商品結冰，你要怎麼賠償啊。

隨著八腳鱷魚靠近，我的視野也完全被牠的膚色填滿。散落著零星灰綠色的黑色，逐漸占滿我的視線範圍。八腳鱷魚每踏下一步，濕地特有的泥水便高高濺起。再過數十秒，牠就會抵達我所在的位置了吧。

我打算用能承受崩塌瓦礫堆的〈結界〉來賭賭看。但要是〈結界〉被牠貫穿，我這輩子就結束了。所以，我又把耐用度提昇一百，變成兩百，然後把堅硬度提昇三十，變成五十。

儘管這麼做分別消耗了一萬點和九千點，但恐怕也只有杯水車薪的效果。

看著近在眼前的巨大鱷魚腳，湧現半放棄念頭的我——無視地心引力往後方騰空飛起。

《點數減少1000。》

嗚喔喔喔！這種身體被人朝後方猛拉的感覺……我是被牠踹飛了嗎？原來自動販賣機也能在空中飛啊……呃，現在不是說這種話的時候！

往後飛了數十公尺之後，我狠狠撞上一塊大岩石，才因此停了下來。託〈結界〉的福，我的機體沒有損傷，但消耗了一千點是怎麼回事？〈結界〉不是每秒鐘消耗一點嗎？之前被崩塌的瓦礫堆砸中時，也沒有顯示出這種訊息啊。

遭受到超過〈結界〉所能承擔的強力攻擊時，我會瞬間消耗大量點數來繼續維持它。大概是這樣的機制吧？

被我撞上的那塊大岩石，表面出現了〈結界〉形狀的凹陷呢。要是肉身承受到這樣的衝擊，或許馬上會被擊飛到這個階層的盡頭呢。

我愈來愈覺得不能讓牠追上拉蜜絲一行人了。

戰鬥的自動販賣機

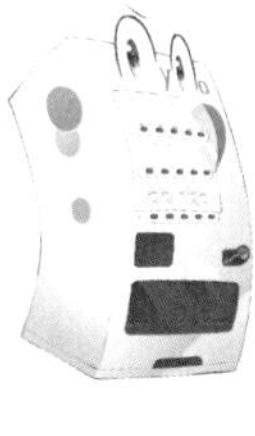

如果只是為了爭取時間，像這樣被八腳鱷魚踹飛，再靠〈結界〉硬撐的話，或許還可行，可是，如果牠轉而朝聚落前進，就算是獵人協會那般堅固的堡壘，也不見得能抵擋牠的攻擊。

至少，聚落的所有人，恐怕很難像上次那樣全都平安生還。

總是很照顧我的旅館老闆娘和姆納咪。身為忠實顧客的守門人卡利歐斯和戈爾賽。早上的熟客三人組……不對，因為最近還冒出了一個孫女，所以變成四人組了呢。總是和我大量採購避孕用品的雪莉。褐髮的千金大小姐和黑衣人集團。貨幣兌換商二人組。還有很多我的客人，都在那個聚落裡。

有自動販賣機出現的地方，就代表那裡是很和平、治安也很良好的地帶。

這樣的話，由身為自動販賣機的我來守護聚落的人們，也沒有任何問題！

儘管數度將我撞飛，我卻仍是毫髮無傷的狀態。這或許讓八腳鱷魚開始不耐煩了吧，現在，牠以比先前更加劇烈的速度朝我衝過來。

就算能承受這一擊，但我可能會被撞飛到八腳鱷魚看不見的地方，進而讓牠對我失去興趣。

倘若事情演變成這樣，就會讓還在逃亡的拉蜜絲一行人暴露於危險之中。那麼，吃我這招吧！

我變形成生前在某個地區看到的手製便當販賣機，然後在取物口落下大量的炸雞塊便當。因為一連串的急促動作，內容物紛紛從便當盒裡灑了出來，在保溫狀態下維持溫熱狀態的炸雞塊，開始飄散出誘人的香氣。

雖然不清楚鱷魚有沒有嗅覺，但從牠如此巨大的體型看來，這隻八腳鱷魚應該時常都處於飢餓狀態吧。而且，看到承受多次攻擊的我仍舊完好如初，應該也讓牠變得很暴躁。

在這種情況下，若是眼前出現了散發著美味香氣的東西，牠會作何反應呢？

有著一排排尖銳牙齒的那張大嘴給了我答案。

我感受到機體被牠朝左右甩了幾下，接著便以倒栽蔥的狀態往下墜。從四周紅褐色的表面看來，我似乎身處一條長長的通道裡。這裡或許是食道吧。

即使在這種狀況下，〈結界〉仍確實守護著我。在數度翻滾後，我掉進了某種液體裡頭。咕嘟咕嘟地從這種黏稠液體中浮起後，我觀望四周，看到了一些載浮載沉的岩石、枝葉和半融化的木材。

噢，這裡大概是胃袋的內部吧。

《點數減少10。點數減少10。》

泡在胃酸裡，讓我的點數以驚人的速度不斷減少。看來不能太悠哉了。既然這裡是牠的胃袋內部——我可要開始作怪啦！

我透過盒裝商品對應功能，將上架的商品變更成自助式洗衣店販賣的那種洗衣粉，在取物口接二連三地落下好幾盒，再透過〈結界〉的能力，將洗衣粉排斥在〈結界〉之外。

原本落在取物口裡頭的洗衣粉，在被彈到〈結界〉外頭之後，便咕嚕咕嚕地融解在胃酸之中。

好啦，看你這下會不會痛到滿地打滾。這些全都由我出錢，你就趁現在把胃袋清洗乾淨吧！

我不斷將洗衣粉扔進八腳鱷魚的胃袋裡。片刻後，胃酸表面開始出現一道道波紋。我完全能感受到八腳鱷魚痛苦掙扎的反應。看來效果很好。

不過，光是這麼做，恐怕還無法置牠於死地吧。不管怎麼想，頂多都只能讓牠拉肚子或是腹部絞痛。既然這樣，我就變形成之前剛入手的舊型機體吧。

外觀充滿懷舊風情的這個銀色立方體，正面有一個手把設計，可以透過手動的方式旋轉。下半部則是延伸出一條橘色的管子，另一頭和舊式瓦斯爐連接。

這是偶爾能在比較老舊的旅館、醫院或宿舍裡看到的瓦斯自動販賣機。投入百圓硬幣後，就能使用幾分鐘。在戶外野炊時，這算是相當方便的能力，但因為變成這種機型後，就無法同時提供自動販賣機的商品，所以這個模式一直被我擱置著。

我會變形成瓦斯自動販賣機，目的只有一個。我要把瓦斯釋放到〈結界〉的外頭，讓牠的胃袋裡充滿瓦斯。

在一般常識中，飲食過量會讓胃部漲滿氣體（Gas）。但現在會充斥在胃袋裡的，可是真正的瓦斯呢。持續排放了好一陣子的瓦斯之後，四周的胃酸開始形成一個漩渦。隨著劇烈流動的胃酸，我的機體逐漸被捲入漩渦的中央。

這是打算將我排出體外的徵兆嗎？在被沖進腸子裡之前，我得馬上付諸行動。瓦斯量是否足夠、〈結界〉又是否能承受接下來的衝擊，都是必須嘗試才會知道的事情。不過，我相信有值得一試的價值。

……問題在於火嗎？雖然只要把瓦斯爐點燃就好，但我沒辦法扭開上頭的開關。如果是自動販賣機內部的功能，我還能做到某種程度的操作，但這個瓦斯爐似乎被視為額外追加的裝置，不管我怎麼試，都無法操作它。

這跟我原先的計畫不一樣啊。糟糕，我快被捲入中心點了。火！就算只有小火花也好！呃，那個或許可以？

我變形成能夠替冷凍食品加熱的自動販賣機，再試著將罐裝商品放進機體內部的微波空間裡。有沒有辦法用往常補充商品的那種感覺，隨便放一罐東西在那裡頭呢？

我有著自動販賣機的身體，也已經維持這樣的狀態好幾個月了。這種小事，拜託一定要成功啊！

隨著內部傳來的「叩咚」聲響，我感覺到體內出現了一個小小的罐裝商品。

好～！我以同樣的方式，又在微波空間裡追加了毛巾和報紙。

然後，就是禁忌儀式的開始——用微波爐加熱罐裝商品！好孩子可絕對不能模仿喔！

我戰戰兢兢地聽著來自體內的異樣聲響，感受著開始冒出火花的罐頭的存在。明明應該不具任何感覺的我，卻似乎能理解體內正在發生的狀況。

啊，著火了嗎？

《傷害值10。耐用度減少10。》

因為是對內部造成的損害，所以傷害值也比較大呢。不過，這樣一來，準備工作就結束了。

我在取物口落下罐裝飲料、開始燃燒的毛巾和報紙，然後對〈結界〉發出不允許這三樣東西進入內部的指示！

從取物口噴射出去的，是被著火的毛巾和報紙包裹住的罐裝飲料。看起來簡直像是把火球發射出去的光景。

被〈結界〉彈出去的火球，在接觸到外界的瞬間，便和充斥在胃袋裡的瓦斯起了化學作用——然後引發一場劇烈的爆炸。

「期待您下一次的光臨。」

《點數減少1000。》

儘管能看到紅褐色的物體在眼前迸裂四散，但因為視野不停瘋狂旋轉，我完全無法判斷發生了什麼事。

喔喔喔，好暈啊！要是胃袋爆炸了，應該會伴隨令人無法想像的劇痛呢。就算是身為階層霸主的八腳鱷魚，八成也會因此氣絕身亡……對吧？

周圍這些是肌肉組織嗎？現在，我被表面覆蓋著一層光亮黏液的紅褐色肉牆包圍著。八腳鱷魚似乎還在不停暴動，我的機體也因此跟著劇烈搖晃。如果還有著人類的肉體，我恐怕已經被搖到反胃嘔吐了吧。

不知過了多久的時間後，我的機體終於不再搖晃了。八腳鱷魚斷氣了嗎？這樣的話，該怎麼離開牠的體內又是另一個問題了。

《點數減少1。點數減少1。》

啊，好啦好啦，我知道。因為目前〈結界〉仍維持著，所以點數會持續減少。剛才提昇了堅硬度的我，或許已經能承受周遭這些肉牆的重壓，但想要放手一搏，實在需要不小的勇氣。話雖如此，等到點數所剩不多的時候，我也只能解除〈結界〉就是了。

這樣就能打倒八腳鱷魚的話，可說是讓人感激到極點。雖然消耗了很多辛苦囤積起來的點數，但平安存活下來，才是最重要……不對，因為我是自動販賣機，所以應該說還能繼續運轉，才是最重要的吧。

這次我真的很努力呢。這樣的活躍表現，應該足以讓我老王賣瓜一番了吧。就算是自動販賣機，也做得到這樣的事情啊。我對自己更有自信了一些。

接下來，只要撐到順利逃走的拉蜜絲一行人回來接我，或是等他們返回聚落重新組成討伐隊過來，大概就沒問題了。是說，沒有嗅覺真是太好了啊。

最快也要等上半天的時間，久一點的話，還可能要幾個星期。畢竟我是自動販賣機，在同樣的地點靜靜等待，或許也是工作的一環吧。來思考一下要上架的新產品好了——ＷＨＡＴ？

咦？剛才將視野完全遮蔽住的那些肉塊都消失了。我現在看得見天空和地面。

咦……這裡是外頭呢。那些肉塊消失得一乾二淨了耶。咦？怎麼回事？因為搞不清楚現狀，還是繼續啟動〈結界〉好了。

這裡是我剛才待的那片沼澤附近吧。至於地面產生龜裂，還不斷有金色的光芒從裂縫中透出，則是休爾米所說的階層地裂現象。

咦……這裡果然是外頭？我環顧周遭，發現很多組合在一起的白色細長物體，籠罩在自己的機身外圍。這是……八腳鱷魚的骨頭吧？

肌肉和臟器全數蒸發，僅僅留下骨頭。階層霸主被打倒時，都會出現這樣的變化嗎？沐浴在從裂縫透出的光芒之中，儘管只是一組鱷魚骨架標本，看起來卻帶有某種神祕的氣息。

雖然鬆了一口氣，但有沒有人能過來把我抬起來啊。我現在呈現側躺在地上的狀態，感覺不太舒服呢。因為無法靠自己的力量站起來，在這種時候，我更能切身體會到變成這種身體的不便之處。自動販賣機就是要直挺挺地站著才行啊。

咦？因為裂縫透出來的光芒很強，所以我剛才沒能發現。原來有一枚金幣落在我的前方呢。這似乎不是普通的金幣。在我的視線所及的範圍內，這枚金幣的樣式設計完全不同。表面有相當精緻的八腳鱷魚雕花。

就電玩遊戲來說，這就是魔王會掉落的寶物了吧。如果是只有魔王才會掉落的道具，想必很有價值才對。可是，沒有手腳的我，無法把它撿起來啊！

幸好金幣落在我的〈結界〉內部。得避免別人搶走它才行呢。休爾米應該會知道這枚金幣的詳細情報吧。在讓她鑑定之前，我可不會把這東西交給任何人喔。

好啦。既然已經成功離開八腳鱷魚的體內，現在就懶洋洋地躺在這裡，等待其他人出現吧。

唔～總覺得地表好像還在微微震動著呢。雖然地底傳來的板塊擠壓聲令人有點在意，但一定是我多心了吧。

唔——地面的龜裂愈來愈嚴重，呈現出一整片網狀的模樣。裂縫中透出的光芒也更強烈，將我的視野染成一片金色。不過，這些應該都是我的幻視吧。

唔————會覺得我躺著的地面正在緩緩下沉，想必也是——這確實是地層下陷吧！

咦！是因為剛才的一連串騷動，讓地盤變得鬆軟了嗎？還是說，一如「階層地裂現象」這個專有名詞，這個階層的地表會裂開來？等……等一下。這樣的話，在地表裂開之後，又會發生什麼事？咦，我會掉下去嗎？

這可不是在開玩笑，現在的情況真的超級不妙啊。呃，我記得之前好像也曾經湧現過相同的想法？

那個……這……這裡有沒有擁有一身怪力的人啊～！

有沒有能夠輕鬆把整台自動販賣機揹起來的客人在啊～！

「歡迎光臨。歡迎光臨。歡迎光臨。」

儘管試著連續出聲呼喚，但我的聲音終究只是在沒有半個人影的濕地空虛迴盪。

這種時候，我更能體會拉蜜絲的可貴之處呢。打倒強敵之後，我原本還有點得意忘形，但自動販賣機果然就是自動販賣機啊。獨處的時候，什麼事都做不到。

啊！

支撐著我的機體的地面消失，我以倒栽蔥的狀態開始下墜。

在這種走投無路的情況下，我的腦中浮現了拉蜜絲哭泣的臉龐。

急速下墜

地面裂開，然後瓦解崩塌。

我和粉碎的沙土一起高速往下墜落。往上看，可以窺見地表破了一個洞。那個洞並不大，所以只有我掉了下來，八腳鱷魚的骨架還罩在那個洞的外圍，沒有下墜的跡象。

接著，我將視線往下，發現視野中出現了雲朵。因為〈結界〉還起動著，所以我感受不到風壓。不過……我能明白自己正以相當驚人的速度往下掉！

咦咦咦咦！穿透地面之後，竟然出現了另一片天空，這完全是奇幻世界的設定啊！

唔喔喔喔喔！我所在的位置竟然高到看不見地面嗎啊啊啊！啊啊啊！冷……冷……冷靜下來！

得先設法對現況做點什麼。把握自己目前身處的狀況吧！

地點是布滿雲層的天空！

狀況是持續下墜！

結果是摔個粉碎！

沒戲唱了啊……不對，哪能這麼輕易就放棄！在摔落地面之前，應該還有一段時間。快點動腦啊。想想能突破這個山窮水盡的危機的方法。

我現在能夠做的，就只有切換功能。如果徹底活用身為自動販賣機的能力，或許能造就一線生機？

既然正在下墜，那麼，只要讓下墜速度減緩就好了。這樣的話，適用的自動販賣機模式……就是那個了吧！

我從功能清單中選出〈氣球自動販賣機〉，然後讓自己變形。

以前，超市頂樓和遊樂園經常能看到這樣的自動販賣機，但到了最近，好像只有走懷舊路線的電玩中心才會偶爾設置一台的樣子。

以黃色為主的機體，有著一扇玻璃板，裡頭懸掛著一排排尚未灌氣的氣球。投入硬幣後，選擇自己喜歡的顏色的氣球，機器就會自動將氣球灌滿氣再送出。

呃，現在不是悠哉說明的時候！不管什麼顏色都好，我得先卯起來製造大量的氣球。

氣球被套在管子上，然後灌入氣體。紅色的氣球慢慢膨脹起來——不行，這樣時間會不夠用。製造氣球的速度能再快一些嗎？提昇速度的方法……如果把能力數值裡的「敏捷」提高，灌氣的速度會不會跟著變快啊？

沒時間了。就抱著死馬當活馬醫的心態試試看吧。

《是否要消費10000點讓敏捷提昇10？》

沒錯，拜託啦！

好像有什麼竄入體內的感覺。至於氣球膨脹的速度……喔，很明顯地變快了呢。感覺速度是剛才的兩倍以上吧。既然這樣，得更進一步提昇敏捷才行。

《是否要消費20000點讓敏捷提昇10？》

這樣的漲幅會不會太過分了啊。可惡！這個兌換機制還真會趁火打劫耶。但這恐怕是必要的付出，再提昇十吧。

像是在看快轉的影片般，氣球以兩秒一個的速率不斷完成。我把灌好的氣球留在〈結界〉裡，因此〈結界〉內部現在塞滿了氣球。

突破雲層後，下方開始出現地面了……那是什麼？錯綜複雜的巨型迷宮？對了，休爾米之前好像提過和這個階層相關的情報。印象中，在清流之湖階層下方的區域，似乎就是一座巨大的迷宮之類的。

呃，現在不是緬懷過往的時候。眼前的迷宮愈變愈大，清楚將它整體的樣貌呈現在我的眼前。嗯，因為我下墜的速度幾乎沒有變化嘛。

就算有幾十個氣球，也不可能負載自動販賣機數百公斤的重量。我以前曾在綜藝節目裡看過，光是要讓一個成年人浮空，好像就需要兩千顆以上的氣球。所以，打從一開始，我就不認為這些氣球能拯救我這台自動販賣機。

迷宮的牆壁十分厚重。我逼近地面的程度，已經足以讓自己了解到這座迷宮的高度和規模，全都異於常態的事實。時間真的不夠了。這樣的話！

這一刻，我選擇的是——變形成紙箱自動販賣機！

我說明一下吧！所謂的紙箱自動販賣機，是在小學生之間蔚為流行、可以自己用紙箱製作的自動販賣機！不但確實有投幣孔設計，按下對應按鈕後，商品也會跟著落下，非常注重還原度！

順帶一提，身為一名自動販賣機狂熱者，我也買過能在家中輕鬆製作紙箱自動販賣機的材料包，而且成功做出來了！

沒錯，我的機體現在變成紙箱的材質了。也就是說，我的體重一口氣變成這些氣球所能負載的輕盈重量。

呼～～～趕上了呢。託這些塞滿〈結界〉內部的氣球的福，我的下墜速度減緩許多，現在是緩緩降落的狀態。

在功能清單裡看到紙箱自動販賣機時，我還以為自己這輩子都不會兌換這個功能，沒想到它竟然活躍到救了我一命啊。真的是世事難料耶。

終於能鬆口氣的這一刻，就來飽覽下方的景色吧。

這座巨大的圓形迷宮有著灰色的牆壁，大概是石頭打造而成的。有筆直的通道、也有彎曲的通道，看起來極度錯綜複雜。趁著能看清整體樣貌的現在，用監視攝影機把影像錄下來好了。

因為我是在一段距離外鳥瞰，所以正確的尺寸還說不準，不過，這座迷宮的通道很寬敞，就算是比較窄的通道，感覺也能讓好幾台我並排設置。

裡頭還有看似廣場的區域和水池。要是在地球打造一座這樣的迷宮，不知道得花上多少錢？

我剛才所在的地方是清流之湖階層。位於清流之湖階層下方的，好像是迷宮階層？雖然我隱約記得它有個正式名稱，但因為休爾米老是將這裡喚作迷宮階層，所以我也只記得這個稱呼。

據說，這個階層很不好應付，難度也相當高，獵人們多半都排斥前來。這座迷宮存在著會憑空出現的寶箱，是個有機會讓人一獲千金的地方，但同時，敵人也很強悍，而且還有為數甚多的陷阱。再加上整體又是迷宮設計，因為遲遲無法往正確的方向前進，而在途中餓死的獵人，似乎也不在少數。

從上方鳥瞰的我，確實感受到這座迷宮是多麼複雜而棘手。

喔，感覺馬上就會降落在地面了呢。要是降落在迷宮牆壁的上頭，就沒人能跟我買東西了。

呃……喔喔？原來牆壁頂端是設計成銳角的外形啊，是呈現無法攀爬的設計啊。

照這樣看來，我應該會降落在某條寬敞通道的靠牆處吧。唔～老實說，我也不知道怎麼做才是正確的，就順其自然吧。繼續降落的話，大概會在迷宮中心點附近的位置落地。

通道的牆壁遠比我想像的要高呢。感覺應該有十公尺以上的高度吧。厚度也很紮實，看起來像是把五層樓高的密集住宅用的牆壁拿來蓋成迷宮。

我搖搖晃晃地沿著牆面下降，勉強平安落地。變回以往的自動販賣機吧。

雖然地板和牆壁看起來都是石頭打造而成，卻看不到半點接縫。此外，牆上沒有任何燈具，在太陽下山後，感覺會一口氣變得伸手不見五指呢。

這條通道約莫有五十公尺寬，左右各延伸出其他長長的通道。從剛才鳥瞰到的景觀來判斷，這條通道應該是位於迷宮正中央的主要通道，所以，待在這裡的話，遇到獵人的可能性或許也很高。

如果拉蜜絲他們來找我，待在這個地方也比較容易被發現。感覺我會暫時在這裡駐點了。

一般而言，大概沒人會雞婆到前來迷宮把一台自動販賣機救出去，但拉蜜絲一定會來。在正常情況下，因階層地裂現象而墜入下方階層的話，無論是人類或自動販賣機，恐怕都不可能平安無事。這是所有人都明白的道理。

儘管如此，我還是能一口咬定拉蜜絲會過來找我。

再說，熊會長也還欠我一份人情。如果愚者的奇行團想打我的主意，應該也會積極參與搜索行動才對。作為協助搜尋我的交換條件，他們甚至可能要求我和拉蜜絲入團。

要是拉蜜絲太亂來，休爾米應該會幫忙阻止她。希望她來救我的同時，卻也希望她不要太勉強自己。儘管明白這樣的想法很矛盾，但這就是我的真心話。

首先，得把「繼續在這裡存活」視為最優先的任務。畢竟也可能有其他獵人經過這裡，然後對我伸出援手。

好～就從觀察周遭開始吧。我剛才只有大略鳥瞰一下，倘若想在這裡求生，就得好好調查、盡可能收集情報才行。

我目前所在的位置，是主要通道的靠牆處。儘管左右還延伸出其他通道，但因為太長了，我看不到另一頭的狀況。這些通道看起來都是筆直延伸出去，不過，途中好像也有發展出其他岔路的樣子。

目前還沒有看到魔物的蹤影。從上空鳥瞰的時候，我有瞥見體型相當巨大的魔物，但印象中，這條主要通道沒有任何魔物存在。這裡或許是迷宮的安全區域吧。

然後呢，最令我在意的，就是掉在我面前那枚刻著八腳鱷魚圖樣的金幣。因為我以維持著〈結界〉的狀態墜落到這裡，所以金幣也被我一起帶過來了。

真是進退兩難啊。眼前明明有一枚價值非凡的硬幣，卻無法對它出手。要是硬幣被一個陌生人撿走，我可能會因為震怒，而讓所有商品加熱到滾燙的狀態呢。

雖然很想把它撿起來，但身為一台自動販賣機的我實在無能為力。唉……總之，為了在這裡繼續生存，重新確認一下我的能力跟剩餘點數好了。在大戰八腳鱷魚時，我消耗掉不少從盜賊那邊搜刮來的錢呢。

《自動販賣機　阿箱》

耐用度　200／200

堅硬度　50

力量　0

敏捷　20

命中率　0

魔力　0

PT　102698

〈功能〉保冷　保溫　全方位視野確認　注入熱水（杯麵對應模式）　兩公升瓶裝飲料對應模式　條狀糖果販賣機　變換機體顏色　盒裝商品對應　自動販賣機用監視攝影機　氧氣自動販賣機　雜誌販賣機　瓦斯自動販賣機　紙箱自動販賣機

〈加持〉結界

有這樣的耐用度和堅硬度，我的機體應該不至於輕易毀損了。在敏捷提高後，我落下商品的速度，或是替商品加熱的速度，或許就會變快吧。之後得來實驗看看才行。

至於其他不同的地方……嗯～是出現BUG了嗎？顯示出來的點數好像有點不對勁呢。個、十、百、千、萬、十萬、百萬……百……百萬？

咦，啊，唔……咦咦咦咦！為什麼我的點數突破一百萬了啊。咦？我可不記得自己有做出什麼犯罪行為耶。

這是怎麼回事啊？點數是從硬幣變換來的對吧？印象中，我之前看到的說明確實是這樣。那時候顯示出來的內容是「點數由金錢轉換而成」之類的。再確認一次好了。

《100圓可兌換1點。》

沒錯，說明文的確寫著點數可用金錢來兌換。可是——相關說明文之中，並沒有記載「無法透過其他方式來獲得點數」。

難道說，所謂的點數，原本應該是透過打倒敵人的方式取得的嗎？在遊戲中，打倒敵人來賺取經驗值和技能點數，是最基本的常識。或許，點數是打倒敵人才能獲得的東西，像我這樣用金錢兌換，其實是很異常的做法？

這麼說的話，我現有的驚人點數，便是打倒階層霸主八腳鱷魚而獲得的。這樣就可以理解了。

是嗎……原來，就算不用金錢兌換，也還是能透過其他方法來獲得點數呢。雖然有種長知識的感覺，但我覺得自己應該不會再有打倒魔物的機會了。這次順利打敗八腳鱷魚，只能算是運氣好。那樣的事情，我八成不會再經歷第二次。

身為一台自動販賣機，還是努力賺錢比較實在。

總之，既然已經掌握現況了，就進入我期待已久的加持能力選擇時間吧！

所持點數超過百萬點的現在，我終於能取得新的加持能力了。老實說，我壓根沒想到自己能賺到這麼驚人的點數呢。原來還有這樣的捷徑存在嗎？

好啦～我要來好好挑選新的加持能力嘍。

嶄新的能力

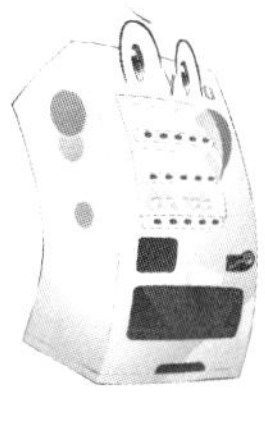

首先，我從必須消耗一百萬點來兌換的加持能力中，分成自己需要的能力，以及不需要的能力這兩大類。

像劍術和格鬥技這種沒有手腳就無法使用的能力，統統排除在外。

而火屬性魔法、水屬性魔法之類的魔法，因為我沒有魔力，所以也不考慮。

就從剩下的能力之中，慢慢思考哪些對自動販賣機而言比較方便吧。首先是這個——

《念力》英文是Telekinesis，就是能隔空讓物體移動的那種超能力吧。看一下說明好了。

《可控制位於自己半徑一公尺以內的周遭物體。但能控制的重量有一定的限制，且控制對象僅限於自身的商品。》

半徑一公尺這樣的範圍還算可以接受。光是這樣就令人感激不已了。可是，為什麼只能控制自己的商品啊？但如果有這項能力，我或許就能自行說明商品的使用方式了。先列為候補吧。來看看下一種能力。

《心電感應》

《能將內心的想法傳達給位於自己半徑一公尺以內的對象。》

這是我最想要的加持能力呢。有這個的話，我或許就能和拉蜜絲對話了。儘管適用範圍很小，但能夠和他人溝通這點，便已經加很多分了。

《瞬間移動》

《能瞬間移動到自己半徑一公尺以內的任意位置。》

就是所謂的瞬移能力。是說，為什麼適用範圍都是半徑一公尺以內啊。不過，即使只能移動一公尺，但這樣一來，身為自動販賣機的我就能夠自行移動了。

這三種能力，是我候補名單上的前三名。不過，也僅限於這些能力完全如我想像的情況。它們很可能像〈結界〉那樣，需要消耗點數來維持能力狀態。

這種情況下，就得把所謂的油耗量也納入考量了。如果拉蜜絲就在身旁，我會毫不猶豫地選擇心電感應，然而，我現在是孤單一人——孤單一台待在這座迷宮裡。在這種情況下，要做出選擇，實在會讓人再三猶豫呢。

至於瞬間移動……在這座寬敞的迷宮裡，就算能移動一公尺，似乎也沒什麼用處。如果能連續使用的話，感覺甚至有可能在半空中移動，但我總懷疑事情沒有這麼單純。

要說最能讓自動販賣機活用自身功能的加持能力，或許就是念力了。能夠控制商品的話，能做的事也會大幅增加。雖然這八成就是最恰當的選擇，但也不用急著下決定。畢竟不能白白浪費掉一百萬點啊。

對了，既然有這麼多點數，應該也能追加其他功能吧？有一些需要點數超過十萬點的功能，因為我覺得暫時不可能兌換，所以幾乎都沒仔細看過呢。

雖然我應該會選擇兌換加持功能，但還有沒有其他引人注目的功能——咦，原來有這種東西嗎？

《自動販賣機升級》

這段文字是怎麼回事啊。足以讓自動販賣機狂熱者的靈魂感受到五雷轟頂的震撼耶。不，等等。比起這種東西，選擇加持能力絕對比較有效率。不……不過，姑且看一下說明好了。

《所謂的自動販賣機，是一種可讓客戶在支付等價的硬幣或紙鈔後，無須透過店員，便能獲得商品或服務的機器。能夠套用此定義的功能，將會在升級後開放，讓自動販賣機能夠選擇更多各式各樣的追加裝置。》

什麼……？也就是說，以往無法選擇的功能，以及自動販賣機本體的種類，都會隨著增加嗎？至今，想變換機體時，我都只能選擇名稱裡有「自動販賣機」的模式呢。

就算名稱裡沒有自動販賣機這幾個字，但只要是符合說明文定義的功能，就可以選擇。是這個意思嗎？

這樣的話，當然要選——等等、等等。鎮定一點。先深呼吸一下，冷靜……冷靜。

「歡迎光臨。歡迎光臨。」

好，我冷靜下來了。首先，想在這個異世界，而且還是有巨大迷宮座落的階層存活的話，選擇加持能力，想必是最正確的作法。沒錯，我也很明白這一點。

可是……可是呢，我是一台自動販賣機。是因為內心強烈的愛好，才會讓自己變成這種身體。至今，雖然我還不明白自己轉生成這副模樣的理由，但我可不能忘記自己是轉生成一台自動販賣機的自動販賣機狂熱分子。

我究竟想成為能使用超能力的自動販賣機，還是具備各式各樣卓越性能的販賣機呢？

打從一開始，就沒什麼好猶豫的。沒錯，我的選擇是——自動販賣機升級！

《自動販賣機的等級提昇為二。》

這行文字浮現的瞬間，我的體內湧現了一股力量……才怪，其實我完全沒感受到任何變化。

現在是等級二的話，還可以繼續升級嗎？感覺有點期待呢。

方才的亢奮感退去後，冷靜下來的我，浮現了某種想法……我該不會搞砸了吧？

沒、沒這回事，我明白變強或變方便都很重要。可是，我是一台自動販賣機，若是忘了這點，就本末倒置了吧。至今，雖然有很多不方便的地方，但我也都設法撐過來了啊。

嗯嗯。不管在什麼情況下做選擇，比起因為妥協的選擇而失敗，因自己選擇的未來而失敗，感覺比較不會後悔嘛。

反省結束！接著，我隨即追加了一個等級二才能使用的功能。

細長型的白色機體和投幣孔。除了這些理所當然的設計之外，我的機體側面還延伸出一條螺旋軟管，末端則是套上了一塊塑膠材質的素材。

此外，在塑膠部分的上頭，還有著類似手槍扳機的設計。扣下扳機後，管子會發出「咻～～～」的聲響，然後不斷將空氣吸入。扳機旁邊還有一個按鈕，按下它的話，管子會反過來噴出強風，是一機二用的優秀設計。

好像順利起動了呢——這台可在自助洗車廠看到的〈投幣式吸塵器〉。

這台〈投幣式吸塵器〉，是同類產品中我特別喜歡的一款。一如剛才的說明，除了能吸入空氣，它還具備高壓噴氣功能，可以把卡在汽車座椅下方的細沙碎石吹走。

接下來才是問題所在。我嘗試了一下，發現我確實能按照自己的想法，來控制這根管子吸氣或噴氣的動作。既然這樣，接下來的任務，就是把管子的前端彈到〈結界〉外頭。

被彈到〈結界〉外頭之後，管子的前端在地上滾了幾圈後停下來。這台吸塵器的管子長度至少有兩公尺以上，所以能輕易把它彈出去。

接下來，先高壓噴氣，然後停止！呃，再把風力調強一點……哇，現在反而太強了嗎？再把噴氣的時間縮短一些，藉此調整管子的位置……

在長達十分鐘以上的奮戰後，我總算成功把管子前端調整到理想的位置了。沒錯，就是靠近八腳鱺魚金幣的位置。

在被人拿走之前，還是自己先回收比較好。得出這樣的結論後，我決定付諸實行。

管子配置ＯＫ！障礙物確認ＯＫ！開始吸氣！

伴隨著塑膠吸頭發出的聲響，地面的沙土和空氣一起被吸入。身為目標物的金幣也看似抵擋不住驚人的吸力，慢慢朝吸頭靠近，最後咻一聲被吸了進去。

任務達成。

我能感受到金幣在管子裡翻轉。不過，在這之後，金幣會跑到哪裡去啊？印象中，這台吸塵器後方有一個排出口，下面還會設置一個垃圾桶，讓吸進去的東西直接掉到裡頭。

《已將八足鱺的硬幣追加到所持物品之中。》

啊？咦，所持物品是什麼？我記得沒有這個項目吧？

一有疑問，就馬上確認吧。來看一下自己的能力好了。

《自動販賣機　阿箱　等級二》

耐用度　２００／２００

堅硬度　50
力量　0
敏捷　20
命中率　0
魔力　0
PT　18595
〈功能〉保冷　保溫　全方位視野確認　注入熱水（杯麵對應模式）　兩公升瓶裝飲料對應模式　條狀糖果販賣機　變換機體顏色　盒裝商品對應　自動販賣機用監視攝影機　氧氣自動販賣機　雜誌販賣機　瓦斯自動販賣機　紙箱自動販賣機　投幣式吸塵器
〈加持〉結界
〈所持物品〉八足鱷的硬幣

喔，多了一個所持物品的欄位呢。點數瞬間少了一大半，顯示內容多了「等級二」這幾個字等等的變化，雖然也讓我很在意，但現在先來確認所持物品吧。

《八足鱷的硬幣。打倒階層霸主的證明。》

就這樣嗎！咦，沒有其他說明內容了？它純粹是一種收藏品嗎？還是另有重大的意義？雖然搞不清楚，但保有一枚，應該沒有壞處吧。

……之後有辦法把這枚硬幣拿出來嗎？就算能拿出來，但因為要花很多功夫再把它吸回體內，所以我現在不會這麼做就是了。原來那隻階層霸主的正式名稱是八足鱷啊。

現在所剩的點數不到兩萬，不能太亂來了。原來起動投幣式吸塵器需要兩千點嗎？升上等級二才能選用的功能中，有很多都需要消耗大量點數，我得多注意才行。

把該做的事做完之後，我覺得心情平靜許多。同時，也不得不再次正視自己目前身處的狀況。這裡好歹是完整的一個階層，而我又待在很顯眼的位置，因此，我判斷自己很有可能會遇到前來攻略這個階層的獵人。

問題在於，對方是否會像拉蜜絲或清流之湖階層的居民那樣，是心地善良的人物。在這裡，就算一整團的盜賊現身，然後把我徹底破壞或是整台搬走，恐怕都不奇怪呢。我無法保證來者都是好客人。

得為最壞的情況設想一下才行。首先，我必須保留足以維持〈結界〉的點數。如果還能透過其他方式來賺取點數就好了。能維持一定點數的話，就不用擔心機體會停止運轉。

這麼一來，討伐魔物……想必行不通吧。當初能打倒八足鱷，純粹是因為運氣好而已。而且，如果要我再重來一次那樣的攻擊方式，老實說，我還真不想呢，嗯。

倘若接下來沒有發生任何意外，讓我只要維持最基本的運轉狀態就好，那麼，我或許能輕鬆撐過一年的時間。然而，這個異世界會發生什麼事，我實在無從得知。儘管這樣，為什麼還是花了一百萬點升級呢——要是深入思考這個問題就輸了。

《自動販賣機的變形時間即將超過兩小時的限制。請馬上恢復成原來的自動販賣機。重複。自動販賣機的變形時間即將超過兩小時的限制。請馬上——》

什麼？我的頭部突然響起一陣警報聲，還顯示出這樣的文字。變形時間的限制？咦！先……先別思考這個問題，它說原本的自動販賣機，就是指我平時慣用的自動販賣機模式對吧？

我立刻變回平常的那種自動販賣機，結果警報聲和警示文字就消失了。我第一次經歷這樣的情形呢。原來，除了平常那種自動販賣機以外的模式，一天無法套用超過兩小時嗎？

這麼說來，雖然我至今變形過很多次，但變成其他種類的自動販賣機時，總有種說不上來的不自然感，所以我最後都會變回原本的自動販賣機，不曾維持其他機種的狀態超過兩小時呢……所以才沒發現這一點嗎？

一天最多兩小時啊。看來，我還是不要無緣無故變更機型比較好。

包括這類瑣事在內，我覺得自己最近實在過度依賴拉蜜絲和休爾米了。自動販賣機最大的優勢，應該就是不需店員，也能隨心所欲購物的「便利性」。這是個好機會。我就來試試看，光憑自己的力量，究竟能做到什麼程度吧。

嶄新的相遇

啊～～天氣真好。

從空中灑落的陽光打在身上，讓我感到無比悠閒。

在那之後，已經過了三天，還是沒看到半個人造訪此處。不過，我一點都不焦急。光是能像這樣做日光浴，就已經很幸福了。

倘若是以前的我，看著點數一點一滴地不斷減少，或許早已陷入輕度恐慌了吧。然而，現在的我，其實是點數持續增加的狀態。

理由在於機體上方的這塊東西。像是傾斜的屋頂般設置在機體頂端的太陽能發電板，是我最近追加的新功能。這樣一來，即使什麼都不做，只要是天氣晴朗的日子，我就能不斷累積點數。

看吧，選擇升級果然是正確的！呃，身旁明明沒有其他人，我急著辯解什麼啊。

這個太陽能發電板，原本似乎是為了省電和災害對應而開發的商品。我選用的這款性能特別高，在放晴的時候，一小時能讓我累積十點。如果一整天都透過這種方式賺取點數，我應該就能輕鬆過活了。

這三天以來，為了再次確認自己的能力，我首先專注研究變化成其他機型時的兩小時限制時間。最後，我了解到如果是轉生之後最初的模樣，無論維持幾小時都無所謂。雖然是再清楚不過的事實，但如果維持著原本的外觀，僅讓內部功能變化，就不存在時間限制。

例如，像杯麵對應模式這樣，只是挪用一半的內部空間的話，便沒有時間限制的問題。

如果沒有任何意外，我所要做的事情就只有靜靜度過這段時光。不過……唔……唔～在解決一個問題之後，我又湧現新的慾望了呢。

老實說，我好閒啊。可能是因為太習慣自動販賣機的身體了吧，不把商品賣給別人，就有種坐立不安的感覺。

這個迷宮階層似乎真的很少人會造訪。雖然想聽休爾米更進一步的說明，但現在也來不及了。再說，我沒辦法主動提問啊。

逃走的時候，拉蜜絲看似只是暈了過去，但她真的不要緊嗎？總會在早上出現的那位熟客老奶奶，應該可以替她療傷吧。希望不要留下後遺症才好。

唉～因為前陣子一直過著很熱鬧的生活，像這樣一整天都遇不到半個人，實在讓我有點寂寞呢。出現在視野之中的，就只有前後方的高牆，以及上頭的天空而已。

在無事可做的情況下，我一如往常地環顧周遭，結果發現遙遠的通道另一頭，好像有什麼東西稍微動了一下。

從我之前降落時，在半空中用監視攝影機錄下的影像來判斷的話，我現在面對的左邊，應該是通往迷宮入口的方向。那麼，或許可以期待了呢。如果是從上方階層前來救我的人，當然是最理想的狀況，不過，即使是其他獵人也無妨。

希望不要是什麼素行不良的人就好了。

那個在動的物體愈變愈大，讓我慢慢看清樣貌。

那是用雙腳步行的——小型的黑熊嗎……不對，是貓……或是狸貓？感覺是難以判別種類的外貌。

一共有四隻。他們身上穿著相同樣式的亮綠色皮革外套。明明沒穿褲子，卻有穿鞋子嗎？因為外套是敞開的，所以能清楚窺見他們的前胸有一道弦月狀的白毛。是小型的亞洲黑熊嗎？

或許跟熊會長是相同種族呢。不過，他們的體型小了許多。

他們的臉和毛皮都黑得發亮，鼻子也又黑又大，豎立在頭部上方的耳朵，內側則是粉紅色的。臉上還生著鬍鬚，看起來有點像貓呢。也就是說，他們不是熊嗎？無論如何，他們的長相實在很討喜。對貓咪的喜愛程度僅次於自動販賣機的我，忍不住有點心癢難耐。

這……這群可愛的集團是何方神聖啊。真希望能向他們兜售商品，然後趁他們過來購買時，把這幾隻生物好好看個仔細呢。不過，對方看起來似乎沒有這種閒情逸致。揹著後揹包的他們，正不停卯足全力衝刺。

在他們的身後，有三隻肥肉橫生、長得像會走路的豬的魔物，揮舞著手上的棍棒窮追猛打。

在前頭狂奔的熊貓……呃，這好像是大貓熊的另一種稱呼，不過算了。

追兵的體型大概是那些熊貓的三倍以上，腳程並不算快，然而，有一隻熊貓的腳受傷了，必須由另外兩隻攙扶著他奔跑，所以他們遲遲無法和追兵拉開距離。

那些生著豬頭的魔物，印象中好像被喚作豐豚魔吧。待在清流之湖階層時，我聽過別人用他們的名字來揶揄體型肥胖的人。

雖然還有一段距離，但請你們試著逃到我所在的位置吧。這樣一來，我就能想辦法幫忙了。

「嘩啊啊啊啊啊！」

「滾開啦～～」

「你們別管我了啦！」

「怎麼可能丟下妳逃跑啊！」

不同於可愛的外觀，他們發出的沙啞低吼聲以及張大嘴巴時的樣子看起來好可怕啊！一排排尖銳的牙齒也在血盆大口中發亮。

受傷的是耳朵像蘇格蘭折耳貓那樣下垂的個體嗎？從嗓音聽來，可能是雌體吧。攙扶著她的，是跟其他同伴相較之下，體型較為高大的一隻黑褐色熊貓。

一邊發出低吼聲恫嚇、一邊逃跑的熊貓，看起來體型比較瘦。跑在最後方的那隻熊貓則是胖嘟嘟的。

他們乍看之下長得一樣，但其實各有不同呢。嗯，先撇開這一點不談，照這群熊貓逃跑的情況看來，應該還能撐到從我面前經過。他們和後方的豐豚魔約莫維持著十公尺的距離吧。

問題就在於我該如何出手拯救這些熊貓了。之前，因為閒到發慌，我思考了各種自動販賣機也能實現的攻擊方式。現在，或許正是展現成果的好機會。

我變形成取物口沒有外蓋的自動販賣機，然後落下幾瓶玻璃瓶果汁。接著，再把機體調整成和周遭的牆壁相同的顏色，和石牆融為一體。

乍看之下，只會覺得我是石牆的一部分而已吧。反正，在這種狀況下，他們應該都沒有時間來仔細觀察我。

熊貓們從我的前方衝過去。隔了半晌，當豐豚魔也正要經過我的前方時——瓶裝果汁發射！

我透過〈結界〉的力量，將瓶裝果汁彈了出去。因為力道有點猛，彈出去的幾瓶果汁中，有三瓶砸中了兩隻豐豚魔。儘管看起來完全沒有造成傷害，但因為沒命中的瓶裝果汁也散落一地，豐豚魔全都停下腳步盯著我看。

接下來，我解除擬態，然後不斷吶喊「如果中獎就能再來一瓶」。

「什麼啊噗～？」

「是迷宮的陷阱噗噗～」

這些傢伙說話時，會在句尾加上「噗」啊。還真好懂呢。看來，這種魔物擁有能夠對話溝通的人智。熊會長和熊貓們亦是如此。或許，能夠用雙腳步行的哺乳類生物，都擁有比較高的智慧吧。

「這種地方有陷阱嗎噗～？」

在豐豚魔將注意力轉移到我身上的時候，那些熊貓成功和他們拉開了一大段距離。現在，我就再次起動陷阱吧。我記得豬應該是雜食性動物？好像有聽說過他們什麼都吃呢。

我變形成最近相當活躍的蔬菜自動販賣機，將展示蔬菜的透明玻璃板全數打開，再將所有的蔬菜彈到〈結界〉外頭。

「噗～！有食物噴出來了噗噗！」

「食物、食物噗～～」

他們完全沒有起疑，撿起我彈出去的蔬菜，直接大口生吞。大概已經餓壞了吧。

這些豐豚魔背對著我，悠哉地開始大快朵頤。他們似乎已經對那些熊貓失去興趣，只是一股腦兒地撿起掉在地上的蔬菜，再拚命往嘴裡送。

這段期間，我變形成兒童主題樂園裡那種比較矮的自動販賣機，再讓機體變回和石牆同樣的配色。

我從旁觀察著那些豐豚魔。片刻後，把蔬菜吃個精光的他們似乎也心滿意足了，一邊拍著自己的肚皮，一邊遲緩地從地上起身。

「肚子吃得好飽噗～」

「喂，噴出蔬菜的箱子不見了耶噗～」

他們朝四處張望，就算視線掃過和石牆同化的我的機體，也完全沒有察覺。

儘管表情看起來有點困惑，但在飽餐一頓之後，他們的注意力也跟著分散，結果就順著原來的通道折返回去了。

雖然順利讓那些熊貓逃走，但他們也因此離我遠去了。可惡！我好想多疼愛他們一下喔。不過，能成功拯救他們，我也覺得滿足了，就這樣吧。

話說回來，那些熊貓真的很可愛耶。跟幼童差不多大的體型也很理想。可是，他們在這種地方做什麼啊？要說是住在迷宮裡的魔物，他們卻不會讓人感到殺意……或是恐懼呢。

那些熊貓看起來好像跟豐豚魔是敵對關係。或許像熊會長那樣，是能夠跟人類和平共處、立場友善的種族吧。再加上他們也聽得懂人類的語言，說不定會成為很不錯的客人呢。真的是遺憾無比。

是說，雖然是異世界，但這裡的獸人或魔物，感覺都是從地球的某種生物演化而成的呢。那麼，那些熊貓又是什麼？印象中，在我年紀還小的時候，好像曾經看過……是叫什麼名字來著？

我記得是個很狂的名字呢。國中的時候，我好像還為這樣的生物名稱著迷……

「真的要折回去嗎……」

「要是往深處去，會遇到更強大的魔物呢……」

「剛才的陷阱說不定還在發揮效用耶……」

喔喔！我聽到剛才那些熊貓的聲音了。

我一直在注意豐豚魔離開的方向，所以沒發現熊貓們正朝這裡靠近。

我將視線拉回來，發現四隻熊貓一邊警戒周遭環境一邊走來。

好，現在要怎麼做呢？如果繼續偽裝成石牆的一部分，他們有可能不會發現我的存在，就先把配色恢復成以往的自動販賣機那樣吧。至於機體大小，就維持現在這種兒童用的狀態好了。從他們的身高來判斷，這樣應該會比較方便跟我買東西。

啊啊，他們的手腳都短短的，好有療癒感喔～

「那是什麼？」

「是什麼啊？」

「是剛才讓豐豚魔上鉤的陷阱吧？」

受傷的垂耳熊貓站在一段距離外盯著我看。體型豐腴的熊貓也躲在比較遠的地方。剩下的兩隻熊貓，則是一臉好奇、躡手躡腳地靠近我，然後迅速伸出前腳……或說是手戳了我一下。

他們或許只是想觀察我而已吧。因為外表長得跟貓咪有幾分相似，所以他們同樣有著旺盛的好奇心嗎？現在，兩隻熊貓圍在我的身邊，不停抽動鼻子聞我的味道。

啊，我現在超級幸福的。雖然還想繼續享受被熊貓包圍的這段極樂時光，但也不能一直這樣下去。真的是太遺憾了。

「歡迎光臨。」

「咕喔喔喔喔喔！」

熊貓們同時往後跳，和我拉開一段距離。就說你們的低吼聲跟嚇唬人的表情很可怕了嘛。看來他們是被我嚇了一大跳。不好意思喔。

「嘩啊啊啊啊啊！」

黑褐色的熊貓張開大嘴恫嚇。他的個性似乎比較強勢。

守在遠處的兩隻熊貓不斷往後退。這樣下去的話會被他們逃掉。我得趕快變形，然後在取物口落下加熱過的炸雞塊才行。或許是因為我的敏捷提昇了吧，加熱工作轉眼間就結束了。

「它發光又變高了！」

「大……大家，小心點！」

「逃走比較好吧？噯，我覺得逃走會比較好吧？」

後方的三隻熊貓變得更驚慌失措。

比較瘦的那隻出聲要其他同伴小心。他或許是隊長吧。胖嘟嘟的那隻看起來很膽小，現在也

躲在最後頭。

可惡，就連害怕的模樣都超可愛的耶。

「咦！這個味道是……肉？」

黑褐色熊貓察覺到炸雞塊的香味，不斷抽動自己的鼻子用力聞。

說到貓的食物，一般通常會聯想到魚，不過，和魚肉比起來，貓咪其實更喜歡雞肉。我家養的貓，就有好幾次搶走生雞肉和炸雞塊的前科。不過，就算他們是熊，應該也會喜歡吃肉吧。

儘管他們認為這有可能是陷阱而提高警覺，但似乎因好奇心和食慾而無法動彈。

「歡迎光臨。請投入硬幣」

「嘩啊啊啊……啊？這會不會是賣東西的箱子呀？」

喔，垂耳熊貓察覺到了。

「絲各，不要被騙了。那有可能是用東西引人中計的陷阱。」

比較瘦的熊貓感覺行事很謹慎。胖嘟嘟的那隻熊貓，都已經被這股香氣吸引，搖搖晃晃地朝我靠近了。

「佩魯，不能靠過去喔。休特，你也跟那個箱子保持一段距離吧。」

「我知道了，米可涅。」

喔，我現在知道這四隻熊貓的名字嘍。感覺像隊長的那隻瘦瘦的叫米可涅。生著垂耳，感覺是雌體的那隻叫絲各。胖嘟嘟的是佩魯。看起來比較不服輸的黑褐色熊貓則是休特。

我得誘導他們跟我買東西才行。

貪食的惡魔

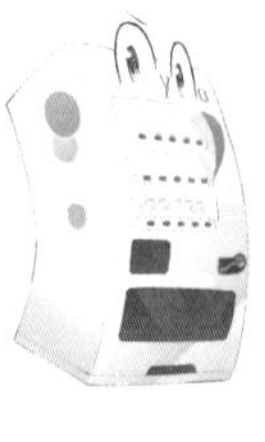

雖然還沒完全放下戒心，但眼前的熊貓們似乎都很在意那盒炸雞塊。不過，要是免費提供一堆食物，可能會讓他們湧現貪念，企圖直接搬走我體內的商品，而不是掏錢好好購買呢。這樣就傷腦筋了。

「就吃看看嘛。身上的乾糧都吃光了，我肚子好餓喔。」

好！趕快輸給誘惑吧，名叫佩魯的熊貓。他似乎一如外表，是個貪吃鬼角色吧。

「笨蛋，佩魯。身為袋熊貓人魔的一員，你難道忘了被稱為『貪食的惡魔』的我們應有的自尊嗎！」

我記得這隻熊貓叫做米可涅吧。像個隊長那樣理直氣壯地訓人是很好，但「貪食的惡魔」是什麼啊？袋熊貓人魔這個名字也好長喔。

從種族名稱來判斷的話，他們應該是外觀兼具熊和貓特徵的有袋類生物吧。再加上貪食的惡魔……啊啊啊！我知道他們是和哪種動物相似了！因為名字很帥氣，所以我從國中時就很關注這種有絕種危機的生物。我想，應該是塔斯馬尼亞惡魔（袋獾）！

外表看起來很可愛，叫聲卻宛如惡魔的聲音，胸口有一道弦月狀的白毛。我想起來了，錯不了，就是塔斯馬尼亞惡魔。因為這裡是異世界，所以他們也可能是另一種不太一樣的生物。不過，在腦中的迷霧散去後，我覺得舒暢多了。

我記得塔斯馬尼亞惡魔是肉食性動物，而且相當會吃。若是能迎接他們成為我的客人，業績想必值得期待。

「歡迎光臨。請投入硬幣。」

「要逃走嗎，還是……」

「我受不了了啦～～」

佩魯推開米可涅，朝裝著炸雞的盒子撲過去。在其他同伴都來不及阻止的情況下，他撕爛紙盒，以尖銳的爪子捻起裡頭不斷冒出熱騰騰蒸氣的雞塊，再扔進嘴裡。

「哈呼哈呼……嗯咕……好……好好吃喔喔喔喔喔喔喔喔！這是什麼啊！」

他三兩下就把盒子裡的五個炸雞塊吞下肚，還以舌尖舔去嘴角的油光。

「咦，好吃嗎？咦……是不是投入硬幣，就能買到圖畫裡的東西呀？」

「喂……喂！我們的份呢！乾脆破壞這個箱子……不對，先投入硬幣買食物，等一下再破壞這個箱子回收硬幣吧。我也要吃！」

「等等，絲各、休特！這有可能是陷阱——」

黑褐色的休特無視米可涅制止的發言，從外套口袋裡掏出銀幣，費了一番功夫找到投幣孔之後，將硬幣塞了進去。

「圖畫下方突起來的部分在發光呢。是要按這個嗎？」

若是清流之湖聚落的人，這時候，我就能用「歡迎光臨」來回答了。不過，這群袋熊貓魔人並不了解這句話有「是」的意思。在聚落生活的時候，這是很稀鬆平常的溝通方式，所以我也因此掉以輕心。照理說，像現在這樣無法和客人溝通，才是理所當然的情況。

休特戰戰兢兢地按下炸雞塊的按鈕，於是，已經加熱過的商品跟著出現在取物口。

「果然是這樣啊。這個香味實在令人食指大動耶。而且又熱騰騰的。我要吃嘍。」

「那我也要。」

除了米可涅以外，另外三隻袋熊貓魔人都掏錢買了炸雞塊，然後一邊喊燙、一邊津津有味地吃著。佩魯甚至一口氣掏出好幾枚銀幣，將它們陸續投入投幣孔，然後連續拍打炸雞塊的按鈕好幾次。

有提昇敏捷真是太好了。就算是現在的速度，在加熱完畢之前，感覺他都有可能因為等不及，而直接動手破壞我呢。

提供六盒炸雞塊給佩魯後，在後方等待的休特和絲各，也以同樣的方式買了炸雞塊。

至於以短短的雙手抱胸，在一旁緊盯著我們看的米可涅，似乎也已經忍耐到極限了。他搖搖晃晃地來到我面前，投入銀幣購買炸雞塊。

「你們真是的。如果這是陷阱，之後該怎麼辦才好啊。得先試毒一下……啊啊啊嗚，肉汁都溢出來了！這是什麼啊，超級好吃的耶！」

很好，全都淪陷了。體驗到日本強大的冷凍食品技術了嗎？呃，把功勞攬在自己身上，好像不太對呢。感謝你，某某食品企業！雖然我個人偏愛這家企業的炒飯，但不確定肉食性的他們會不會吃呢。

是說，熊會長好像什麼都吃，所以，或許不用擔心這方面的問題吧。思考這些的同時，我懶洋洋地眺望著眼前的光景，但……這些塔斯馬尼亞惡魔究竟要吃到什麼時候啊？一人份的炸雞塊，他們每隻都已經購買二十盒以上了耶。

咦，他們的胃袋還好嗎？沒想到這四隻……說是四個人也無妨吧。只是因為和他們做買賣，我竟然就得補充炸雞塊的庫存。貪食的惡魔實在太可怕了。

「我吃得好飽喔。因為一直逃，現在覺得好累……」

「喂，佩魯，不可以睡在這種地方啦。」

「米可涅，我們就在這裡休息一下吧。絲各應該也沒辦法繼續行動了。」

「對不起。我真的走不動了。」

「不，我才該說對不起呢。那麼，大家就在這裡休息吧，我負責看守四周。」

「了解。那先拜託你了，米可涅。我晚點跟你換班。」

除了體型比較瘦的隊長米可涅以外，剩下三人躲進牆壁和我之間的縫隙，就地躺下之後，不到一分鐘便進入夢鄉。想必是疲憊不堪了吧。

若是這樣的距離，我或許能用〈結界〉來保護他們。

直至目前的觀察，都顯示他們維持著互信互助的良好關係。將身子倚著我站立的米可涅，在監視四周的動靜時，偶爾會陷入失神的狀態。他或許連站著都已經很吃力了吧。

周遭也開始變暗了，你可以直接睡下沒關係喔。我會代替你執行看守的任務——雖然這樣的想法不可能傳達給米可涅，但隨後，他也精疲力盡地癱坐在地，昏沉沉地睡去了。

辛苦嘍。你們今晚就放心地睡一覺吧。

「大家接下來想怎麼做？」

「嗯嘎……咕嚕……嚼嚼嚼……」

儘管米可涅想和同伴商討今後的打算，但所有人都只是一股腦兒地吃，完全沒在聽他說話。

在那之後，他們就一起昏睡到天亮，在醒來的同時感到肚子餓，於是又向我買了大量的炸雞塊。

為了變成能微波冷凍食品的販賣機，我再次變形。而看到這番光景的四人，同樣又露出凶悍的表情恫嚇，但在明白這樣可以買到炸雞塊之後，他們欣然接受了現況。看來，這個種族或許是把食慾視為最優先考量吧。

「是說，這個箱子到底是什麼啊？」

「嗯咕……呼～～應該是能買到食物的魔法道具吧？」

「能吃到這麼美味的肉，我們的運氣真的很好呢。」

「在這種情況下，你還真悠哉耶，佩魯。」

趁四人吃早餐時，我偷聽了他們的對話，明白他們似乎不是住在這座迷宮裡的魔物，而是獵人。

他們隸屬於某個名為〈貪食惡魔團〉的集團。原本還覺得這是個跟他們的外表完全相反的名字，但在親眼目睹他們的吃相後，我徹底理解了。

不過，這個世界有什麼「獵人的隊伍都必須取奇怪的名字」之類的規定嗎？從他們的對話聽來，這個迷宮階層似乎有很多值錢的東西能入手，但危險度相對也很高。所以，追求穩定生活的獵人，多半很排斥前來這個階層。怪不得我沒遇到半個獵人啊。

根據他們的說法，不知為何，貪食惡魔團的營運經費一直很高，為了讓團隊維持下去，這四人才會來到這個階層，打算追求一獲千金的機會。嗯，關於經費很高的理由……從第三者的角度來看，應該再明顯不過了……他們無法抑制自己的食量嗎？

這些袋熊貓魔人擁有高度體能、強力的下顎、銳利的爪子，以及名為〈咆哮〉的恫嚇系加持能力。作為獵人，這些特質相當有幫助。但因為他們天生比較嬌小，所以不擅長應付體型龐大的敵人。

儘管如此，他們仍主張要是同伴沒受傷、追上來的豐豚魔也只有兩隻的話，就有自信能勉強打跑對方了。雖然不知道是真是假。

把所有的食物統統掃光之後，他們摸著自己的肚皮開始發呆，看起來十分放鬆。一旦吃飽，他們的危機意識也會跟著消失嗎？

「各位，我有一件事想商量，請你們好好聽我說。關於接下來的行動，我希望我們能一起折回入口。」

「可是，我們沒有發現半個寶物耶。」

「我……我贊成折返回去。這裡好可怕喔。」

「現在回去的話，我們的團隊就無法繼續營運下去了。這樣沒關係嗎？」

畢竟保命要緊。要是死了的話，就沒有任何意義了嘛。說實話，我也覺得他們回去比較好。

唯一的雌體——不，應該說是女性才對。等到她的傷勢完全痊癒，我建議你們回去喔。

「各位，要說寶物的話，我們已經發現了啊。這台能夠購買食物的魔法道具！」

「啊啊啊，說得也是！」

雖然被當成寶物的感覺也不賴，但我不是任何人的所有物，也決定要拉蜜絲當我的伙伴了呢。稍微表態反抗好了。

「太可惜了。」

「嘩啊啊啊啊！嚇我一跳。原來它還會說『歡迎光臨』以外的話啊？」

「如果中獎就能再來一瓶！」

「咦，它又說了不同的話……」

「謝謝惠顧。期待您下一次的光臨。」

我把自己能說的台詞全數播放一次，窺探他們會作何反應。

結果四隻袋熊貓魔人……簡稱熊貓吧。他們圍成一個圈圈，先是你看我、我看你，然後開始交頭接耳地討論。

「它剛才是不是出聲回應我們了啊？」

「應該只是湊巧吧？」

「可是，他開口的時機，感覺像是在和我們對話呢。」

「難道這個箱子有自我意識嗎？只能試探它看看了。」

討論結束後，他們站在和我維持一小段距離的位置，然後靜靜盯著我看。咕！被四雙黑黝黝的眼睛凝視，會讓人陷入飄飄然的幸福之中啊。

米可涅作為代表向前踏出一步，在下定決心之後，這麼開口詢問我：

「你是不是聽得懂我們說的話？」
就是在等你問這個呢。我的答案當然只有一個。
「歡迎光臨。」
「啊，果然沒辦法溝通。它八成只是感應到我們說的話，然後隨便回一句話而已。」
咦？不不不不不！拜託你察覺一下啦。我只能說固定的台詞，所以，也只能用這些台詞回應你們啊。
「太可惜了。」
「啊，真的耶。它只是在感應到之後跟著說話，但說出來的話沒有什麼意義呢。啊～嚇我一跳。」
「嗯嗯，被嚇到之後，感覺肚子又餓了。這次來吃炸肉塊以外的東西吧～」
咦咦咦咦！我說，你們再努力考察一下啦！說不定可以發現很多事情耶，加油啊！
儘管我在內心這麼為他們打氣，但他們還是若無其事地開始吃東西了。
唉……啊，不過，對喔。冷靜下來想想，這才是普通的反應嘛。
多虧拉蜜絲敏銳的感受性，待在聚落裡的時候，我得以稀鬆平常地和其他人溝通。這些熊貓的反應，其實才是理所當然的呢。
「那麼，我們一起把這個魔法道具箱子搬回去吧。可以嗎？」

「好～」「好啊。」

在全場一致贊同之下，這個提議拍板定案。雖然很想解開誤會，但現在暫時不管好了。畢竟，如果能讓他們把我扛到入口附近，那就更令人感激了。這樣一來，拉蜜絲過來搜索的時候，也能一下子就找到我。

「那麼，因為絲各受傷了，就我們三個搬吧！」

米可涅、佩魯跟休特將我圍住，使力試著推動我。然而，他們只能讓我的機體底部和地面稍微摩擦一下，我實際移動的距離，恐怕連一公分都不到。每次遇到這種情況，都讓我深深體會到能獨自搬運我的拉蜜絲有多厲害。

「哼唔唔唔唔～」

「嗚嘎啊啊……嘩啊啊啊啊！」

「我……我不行了～～」

他們三個無力地倚在我的機體上，疲累地大口喘氣。儘管體型比較小，他們的力氣或許意外的大，然而，想搬動我的話，這樣的力道還是遠遠不足。

如果跟這些熊貓同行的話，他們就不需要另外覓食，遇到危機時，我也能用〈結界〉來保護他們。再說，如果見死不救……或說是丟下他們不顧的話，實在令人放不下心呢。

那麼，只要變形成方便他們搬運的機體就行了。如果變成紙箱販賣機，他們應該就能輕鬆把我扛起來了吧。不過，我無法維持其他機體的狀態超過兩小時。以防萬一，還是先保留下來好了。

這樣一來，就只剩這個方法了吧——我在機體的底部設置了四個輪子。這是升級之後增加的功能之一。

「咦，它是不是變高了一點？」

「你們看，這個箱子的下面長出輪子了！」

你們也發現了嗎？這樣的話，你們應該推得動我了吧？

於是，除了絲各以外的三人繞到我的機體側面，再次試著使勁推動我。雖然很緩慢，但我以比想像中更穩定的狀態開始移動了。幸好，這附近的地面都很平坦，也沒有上坡路或下坡路。

「動了、動了！」

「這樣我們就會變成富豪了！」

「可以隨時隨地都吃得飽飽的呢。」

「如果把這麼方便的魔法道具賣給鎖鏈食堂，我們就能大撈一筆了。」

不好意思，在你們這麼開心的時候潑冷水，但我可不打算被賣掉喔。另外，我堅決拒絕跟鎖鏈食堂來往。

唔～要是他們跟拉蜜絲遇上了，肯定會引發一場糾紛吧。雖然事態可能會變得很麻煩，但現在我只希望自己愈靠近入口愈好，就先別想這麼多好了。

四隻與一台

在機體長出輪子後，熊貓們雖然能夠推動我了，但我驚人的重量，還是讓他們消耗了不少體力。在推了一小時左右後，眾人決定稍做休息。

這種情況下，或許讓人想喝點什麼吧。他們四個各選了一瓶飲料。

要是這些熊貓的體力和幹勁見底，我也會很傷腦筋。所以，我選擇以比較低廉的價格提供商品給他們。不過，他們似乎不太需要攝取水分的樣子。和吃下肚的肉類的量相比，他們的飲水量很普通。

我們花了一整天前進，中間也休息了好幾次。可是，說實在的，我沒有正在靠近入口的感覺。看不見通道的另一頭，周遭的景色也幾乎都一模一樣，讓人忍不住懷疑自己是否真的有在前進。

一旁偶爾會出現岔路。我很清楚這些岔路通往結構更加錯綜複雜的地方。因為，我之前已經用監視攝影機記錄了整座迷宮的全貌。

到了傍晚，熊貓們開始提早做野營的準備。我曾聽守門人卡利歐斯說過，入夜之後，魔物的

性情會變得更凶暴。他們或許是在提防這一點吧。

一如白天的時候，到了夜晚，熊貓們同樣向我購買了相當大量的商品。他們驚人的食慾，已經讓我的反應從看傻眼變成佩服了。要是跟愚者的奇行團裡頭的弓箭手莯伊進行大胃王對決，感覺應該會很有看頭。

「還要走多遠才會抵達入口啊？」

「最快可能也要一星期吧。畢竟，我們踏進這個迷宮階層之後，已經過了兩星期了。」

「而且，我們還花了好幾天在迷路上。我也覺得大概需要一星期。」

「主要通道只有一條，所以應該還不至於迷路。但相對的，在路上遇到魔物的機率也比較高。我們得小心前進才行。」

雖然還沒遇過豐豚魔以外的魔物，但這個迷宮階層中，理所當然有各式各樣的魔物棲息著。從上空鳥瞰的時候，我好像有看到體型相當巨大、看似石人的存在。在一般的奇幻作品中，大概就等於用小石子或巨石打造而成的魔法生命體——巨石像吧。

另外，我也有瞥見其他在蠢動的生物。但因為距離實在太過遙遠，所以無法看清牠們長什麼樣子。

「再走一段路，就是豐豚魔之前出現的地點了。」

「嗯，對呀。他們突然從岔路衝出來，讓我的腳受傷了，所以我記得很清楚呢。」

「那時真的是嚇了一大跳耶～光是回想起來，就覺得肚子餓。」

「你差不多一點啦，佩魯。」

前方是豐豚魔徘徊的區域嗎？絲各腳上的傷勢似乎已經好多了，要是之後再遇上敵人，她應該能卯足全力逃跑吧。

貪食惡魔團並不知道我的〈結界〉能力。我明白告訴他們會比較好，可是，起動給他們看的話，真的能讓這些熊貓明白嗎？

與其在最後關頭因困惑而犯下錯誤，現在讓他們見識一下，感覺比較妥當呢。嗯，就這麼決定。

「歡迎光臨。」

「嘩啊啊啊啊！這……這個箱子怎麼突然說話了啊！」

在受到驚嚇的時候，他們發出的慘叫……或說是低吼聲，以及魄力十足的恫嚇表情，還是一如往常的可怕呢。

所有人都望向我了。那麼，就來起動一下吧。

「咦……咦！出現藍色的透明牆壁了！」

「這……這是怎麼回事？大……大家都還好嗎？」

現在，負責推動我的是佩魯和休特。米可涅和絲各走在一段距離外，所以不在〈結界〉的範圍之中。推著我走的兩人，在發現自己被〈結界〉籠罩住之後，慌慌張張地打算往外跑，結果就一頭撞上〈結界〉。

「出……出不去耶！米可涅、絲各，救命啊～～」

「別慌，佩魯。先冷靜一點。」

發現自己被關在裡頭後，佩魯因慌張而顯得相當手足無措，一旁的休特則是試著讓他鎮定下來。

「嘩啊啊啊啊！」

米可涅和絲各張開大嘴，擺出恫嚇的表情，還朝〈結界〉揮下他們銳利的爪子。

然而，他們的爪子輕易被彈開，完全無法貫穿〈結界〉。

「這是……是這個箱子做的嗎！既然這樣……」

這次，換休特張開大嘴，企圖狠狠啃咬我的機體。這一刻，我不允許休特進入〈結界〉！

原本作勢要咬我的休特，以這樣的姿勢被彈到〈結界〉之外。趴倒在地上的他，在地面滑行了一段距離後，惡狠狠地盯著我看。

不同於以往，他們現在對我表現出相當好戰的態度。原本以為這些熊貓只是治癒人心的大胃王，但情況緊急時，他們仍會變得相當凶暴呢。

「嘩啊啊啊啊！你想幹什麼，魔法道具！快放開我的同伴！」

米可涅露出駭人的表情威脅我。惡魔之名果然不是虛有其表啊。

事態發展跟我預料的有點不一樣呢。為了化解誤會，就解放佩魯吧。

「只……只有我出不……啊，我出來了。」

「你沒事吧，佩魯？這個藍色的東西究竟是什麼啊……這也是你變出來的嗎，魔法道具！」

「歡迎光臨。」

一如過去的做法，我以「歡迎光臨」代替「是」的意思來回應他。

「你現在是瞧不起我嗎！什麼歡迎光臨啊！」

因為震怒，休特露出齜牙咧嘴的表情，還不斷發出低吼聲。

他是這樣解讀那句話啊。在這種狀況下，聽到我用「歡迎光臨」來回應，然後誤以為自己被我看扁，或許也是無可奈何的事。行不通呢。我已經完全習慣跟拉蜜絲等人交流時用的那套方法了。

想跟這群熊貓溝通的話，恐怕只能摸索其他手段了。

為此，我開始懊惱自己當初為何沒有選擇兌換〈心電感應〉的功能。不過，為了已經發生的過去後悔，也沒有任何意義。既然如此，就只能嘗試當下做得到、同時也比較妥善的方法了。

我兌換了之前再三猶豫的〈電子布告欄〉功能。這是因為消耗點數相當多，而讓我遲遲無法下決心兌換的功能之一。在我的想像中，我應該能在上頭顯示文字，並藉此和他人溝通。凡事都得試試看。就起動這個功能吧。

一塊黑色長方形的布告欄，出現在一整排商品陳列區域的上方。接著，我嘗試讓文字浮現在上頭。

『歡迎光臨。請投入硬幣。謝謝惠顧。期待您下一次的光臨。』

果然只能顯示固定台詞嗎！這就是之前讓我猶豫不決的最大理由。因為我能播放的語音也只有固定台詞，所以總有種不好的預感吶。該怎麼說呢，這種一如預測的結果，讓我好想哭啊。

「咦，那是什麼？有奇怪的圖畫……或說是線條跑過去了。」

「難道是文字？但我從來沒看過這種……」

啊，嗯。而且顯示的語言又是日文。不，其實我也明白啦。在發現這個世界的人看不懂瓶罐或自動販賣機上的文字時，我就已經猜到這樣的結局了！

雖然賭上了最後的一線希望，但對這個世界的人來說，這個裝置只能顯示一堆意義不明的文字嘛。可以把點數還給我嗎？

啊啊，可惡！傷腦筋耶。完全無計可施了。該怎麼讓他們明白，我不打算傷害他們，而〈結界〉是用於防禦的力量呢？

「這個魔法道具箱子是在拒絕我們靠近嗎？」

「太可惜了。」

「看吧，果然是這樣。」

不，不是啦，米可涅。我又忍不住用「太可惜了」來取代「不是」了。真的好惱人啊。我好想念拉蜜絲跟休爾米喔。

「既然不能碰它，或許只能把這個箱子留在這裡了。」

「可是，不把它搬回去的話，我們會因為沒錢而餓死喔，米可涅。」

「佩魯說得沒錯。我們來試試其他能把它搬回去的方法吧。」

「嗯嗯，說得也是。它剛才也只是把你們往外推，沒有讓你們受傷嘛。」

喔，看來似乎還有希望。那麼，先把〈結界〉解除，然後再提供他們更多食物吧。來～是你們最喜歡的炸雞塊喔～

「啊嗚嗚～是那個肉的香味～」

「佩魯，不要這麼輕易就被誘惑啦！」

「你不也在流口水嗎，休特～」

「這可能是陷阱。先由我來試毒吧！」

他們一下子就淪陷了耶。我剛才那麼苦惱，簡直像個傻子一樣。四隻熊貓撲向炸雞塊的盒子，接著又開始向我大量購買。這樣一來，應該是掌握了他們的胃袋的我贏了吧。

「哈呼！哈呼！能夠變出這麼美味的餐點，這個箱子一定不是壞人。」

「嗯，對呀。這真的好好吃呢。」

「既然好吃，就別計較那麼多好了。」

「嗯，因為很好吃嘛。」

我說你們，真的這樣就好了嗎？應該可以……呃……再猶豫一下，或是糾結一下吧？

他們把前一刻的警戒反應全都拋到九霄雲外，將大量的炸雞塊送入口中，一臉幸福地咀嚼著。

看著他們幸福的表情，會讓人覺得怎麼樣都無所謂了呢。總之，他們似乎願意繼續和我同行，也多少對〈結界〉的存在有些了解了。光是這樣就可以了吧。

「噗嘰————！」

豐豚魔尖銳的叫聲，一口氣劃破此刻祥和的氣氛。接著，咚咚咚的笨重跑步聲跟著傳來。聲音似乎是從前方一段距離的岔路入口傳來的。

「是豐豚魔的叫聲！大家快準備逃跑！」

四隻熊貓瞬間全數起身，並做出彎下腰的起跑動作。看來他們已經準備要逃走了。啊，這好像又是我會被丟下的狀況耶。為了讓貪食惡魔團平安存活下來，我再來替他們爭取逃命的時間吧。

我懷著這樣的想法，望向主要通道和叉路的交會處，發現六隻豐豚魔從那裡衝了出來，並朝我們所在的方向狂奔。滿身大汗的他們，手上連武器都沒拿，只是死命地全速衝刺。

咦，他們為什麼一臉快要哭出來的悲壯表情啊？看起來好像正在被誰追殺——

像是要肯定我的猜測似的，隨著豐豚魔後方的空氣震動，一隻只有骨骼的大手一把捏住石牆。不只是巨大，外頭還包覆著一層火焰的那隻手，以驚人的高溫將石牆熔化成一灘灘岩漿。

接著現身的，是大小幾乎等同於一整隻豐豚魔的巨大頭顱。牠的臉和剛才的手同樣覆上一層火焰，雙眼則是兩團漆黑的火球。

「是焰巨骨魔！不會吧，大家快逃啊！」

焰巨骨魔

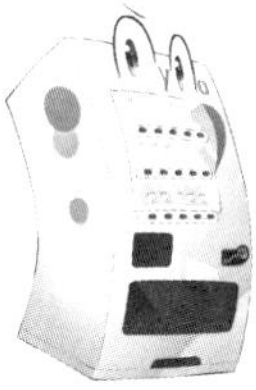

豐豚魔似乎完全沒有閒工夫對貪食惡魔團出手，只是一股勁兒地逃跑。貪食惡魔團也早已一溜煙逃走了。

此時，敵人終於呈現出全貌。這具被烈焰包覆的枯骨，巨大到令人錯愕的程度。牠幾乎跟周遭的石牆一樣高，所以，身高恐怕將近十公尺吧。

牠散發出的驚人熱度，讓我的視野跟著模糊起來。牠每踏出一步，就會讓地面熔化，形成一個凹陷的腳印，同時也會帶來水平方向的劇烈搖晃。如果體型巨大成那樣，就算只有骨頭，總重量恐怕也相當驚人。能讓自動販賣機的機體震動到微微離開地面，這樣的重量絕不是蓋的。

面對這麼強大的敵人，就算祭出當初用來對付蛙人魔王的噴射可樂，大概也沒什麼用。用裝滿水的寶特瓶扔牠，可能也只會看到如同「遠水救不了近火」這句俗諺的結果。

放棄打倒牠的念頭，想想如何爭取時間吧。那幾隻豐豚魔就快衝到我的面前了……這樣的話，我知道該怎麼做了。

首要工作是變形。我選擇了等級二的功能清單裡新增的〈自助式煤油機〉，然後變形。就是加油站裡一定會設置、大家的過冬好伙伴的那個東西。

現在，我的白色機體上畫著某加油站的商標，側面延伸出一條比普通水管更強韌的橡皮管，管子末端裝設了附控制桿的噴嘴。

好，接下來，就在地面灑滿煤油——啊，噴嘴的前端現在插在我的機體裡呢。要是直接拉下控制桿，會不會讓我噴得滿身煤油啊？

不過，就算機體沾滿煤油，也能透過〈結界〉排斥的力量，把身上的煤油統統彈出去吧。來試著噴出少許煤油好了。

先壓下控制桿……對喔，考量到安全性，這種機器是採用噴嘴還插在機體裡時，就無法噴出煤油的設計呢。不愧是日本製。好，作戰計畫結束！

話雖如此，但我也不是會輕易放棄的人——不，應該說不是會輕易放棄的自動販賣機。有沒有什麼非正規的解決方法啊？……呃，喔喔！

隨著焰巨骨魔再次踏出腳步，越發劇烈的震動，讓變形成自助式煤油機的我微微浮空。而著地的同時，噴嘴也跟著鬆脫，然後掉到地上。

我的運氣還不錯耶。掉在地上的噴嘴，也剛好對著通道的方向。那麼，就直接把煤油灑在地面上吧。

從噴嘴流淌出來的煤油，打濕了我前方的整片地面。因為這座迷宮的地板也是石頭材質，所以煤油並沒有滲進地下，在這一帶的地表形成一層油膜。

只是一股勁兒逃跑的豐豚魔，完全沒注意腳下的狀態，直接衝進了煤油區——

「噗嘰～～～」

沒能做出防禦姿勢的他們，就這樣狠狠滑倒。有的還抱著頭唉唉叫。

沾滿煤油的地板，幾乎可比溜冰場的冰地那麼滑。因此，這些豐豚魔一旦滑倒，就很難再爬起來。

接著，從後方追上來的焰巨骨魔，將牠熊熊燃燒的巨大腳掌踩在地上的瞬間——煤油一口氣被引燃，讓這一帶化為火海。

不用說，我當然有透過〈結界〉隔開這片高溫和烈焰。然而，因為滑倒而全身沾滿煤油的豐豚魔，現在簡直變成一團團的火球。

他們連死前的慘叫聲都發不出來，就這樣接二連三地倒地。焰巨骨魔伸手撿起這些豐豚魔的屍體，將他們扔進已經化成白骨的口中。

雖然是一具骷髏，但還是需要進食啊。是說，豐豚魔的屍體在瞬間被牠的烈焰燒成焦炭了耶。這樣算是吃進去了嗎？

在火海中不斷燃燒的巨大骷髏，將一具具被燒焦的屍體吞下肚。與其說這樣的光景駭人，我反而覺得有種莊嚴的感覺。不過，也是因為我身處〈結界〉內部這種安全地帶，才會湧現這樣的感想吧。倘若我現在是個擁有肉體的人類，恐怕早已嚇到站不起來了。

將六隻豐豚魔吃完之後，焰巨骨魔似乎不打算對我出手，只是朝我瞥了一眼，之後就逕自就離開了。

是因為我把機體變成和石牆相同的配色，所以牠沒發現我嗎？還是因為已經吃飽了，所以對我沒有半點興趣？無論如何，我確實是得救了。

不過，災情好慘重啊。地面出現了一個個腳掌形狀的巨大凹陷，只要是焰巨骨魔的行經之處，附近的石牆就會被燒融，並在冷卻後變得奇形怪狀。

牠也是階層霸主嗎？從上空觀察的時候，我並沒有窺見牠的存在。或許有什麼讓牠現身的條件也說不定？

要是那種魔物在迷宮裡旁若無人地走動，恐怕會讓整座迷宮變得慘不忍睹吧。應該有什麼理由才對。

好了，現在的問題，大概只剩下我又陷入孤單一事了。不過，我總覺得貪食惡魔團要是肚子餓了，八成又會折返回來。感覺他們的思考模式都很大而化之呢。其實也可以把我提供的糧食放進包包裡帶著走啊，但他們卻什麼都沒想，總是一股腦兒地顧著吃而已。

另外，地面充斥著因高溫而凹陷、變形的窟窿，所以，他們推著我前進的時候，可能會變得更吃力吧。

直到四周都變得一片漆黑的深夜，貪食惡魔團才折返回來。看來，這次現身的敵人，也讓悠哉樂天的他們感受到生命危險了。嗯，雖然到頭來，他們還是像這樣在我的面前大口吃肉就是了。

「呼~在嚇到之後，肚子就會變得好餓呢。」

佩魯，你無時無刻都在肚子餓才對喔。

「我們竟然能親眼看到階層霸主……之前就有聽說過傳聞，牠果真很嚇人呢。之後可以跟會長炫耀嘍。」

「我真的、真的嚇了一大跳耶。」

「聽說打倒焰巨骨魔的話，就有寶物可拿。但那麼驚人的魔物，是要怎麼打倒牠啊。」

我同意休特的感想。哪有辦法打倒那種存在啊。除了巨大的體型以外，牠身上的烈焰根本讓人無法靠近。就算想噴水來滅火，恐怕也要把整個池塘的水量一口氣往牠身上潑，才會收到效果吧。

就算朝牠猛扔裝水的寶特瓶，應該也毫無意義。不過，思考這麼多也沒用。我不可能跟那樣的魔物戰鬥嘛。

在放心熟睡的四隻熊貓圍繞下，我一直凝視著焰巨骨魔最後走遠、消失的那條岔路。

「那邊……不要太往右靠。左邊、再左邊一點。」

在米可涅的指示下，貪食惡魔團謹慎地推著我的機體。因為地面到處都凹凸不平，他們只能盡量推著我在平坦的地表前進。儘管我們從早上就出發了，但終於脫離凹陷地帶時，已經是夕陽逐漸西沉的時間。

今天幾乎都沒能前進呢。不過，從明天開始，我們就能在整片平坦的地表移動，所以前進速度應該也會提昇。要是那個焰巨骨魔又出現了，我就只能再次試著爭取時間。

今天已經不需要經歷其他事件了，我想度過一個平安寧靜的夜晚。

思考這些的同時，我仍全力讓機體維持運轉，熊貓們也不斷向我購買商品。雖然已經盡可能壓低售價了，但我還是挺擔心他們的錢包。也難怪他們的團隊會出現財政危機了。

填飽肚皮後，這些熊貓一如往常地變得精神渙散，在無人負責監視周遭的狀態下，就這樣一起睡著了。不過，要是感受到敵人靠近，或是聽到什麼聲響，他們好像馬上會醒過來。要是我發出警報聲，他們想必也會瞬間彈起身吧。

這個夜晚好安靜啊。巨大石牆並排的寬廣通道，感覺格外有氣氛。因為時值夜晚，這裡的光源，現在只剩下我的機體發出的燈光。要是離開一段距離，就會踏入伸手不見五指的黑暗。

為了不讓我的光亮過於引人注目，還是熄燈好了。這一刻，我被徹底的黑暗籠罩，能聽到的聲音也只剩下這四隻熊貓的呼吸聲。啊啊，真的安靜得好可怕喔。不過，光是感覺到有其他人在自己身邊，內心的不安也會緩和一些。

倘若我現在是以擁有人類肉體的狀態，孤身一人待在這裡，就算因為過度恐懼而發狂，或許也不足為奇吧。這個地方，寂靜到足以喚起人們恐懼的本能。

如果我有能夠感受其他生物存在氣息的能力，或許情況又會不一樣了吧……啊，說到這個，好像有個有趣的功能呢。我記得是在這附近……有了有了，〈人體偵測器〉。

透過這項功能，可以讓自動販賣機在無人造訪的深夜時間熄燈，等到偵測器出現反應時，再點亮機體所有的光源。啊，不過，我不需要這樣的功能呢。因為我可以透過自己的判斷來調整嘛。

然後呢，雖然我思考了各種對策，但看到這些熊貓幸福的睡臉，就覺得好療癒、彷彿什麼事都無所謂了。唔～待在他們身邊，會讓我有種化身為監護人的感覺呢。

既然他們都睡了，至少我得維持警戒狀態才行。因為四周呈現一片漆黑、幾乎什麼都看不到的狀態，我便將注意力放在聽覺上，結果似乎聽到了某種細微的聲響。

我循著聲響傳來的方向望去，在仔細觀察的同時專注聆聽。某種細微的「轟～」的聲響一直持續著，從未中斷。這感覺是瓦斯爐點火時會發出的聲音？

聲音從一段距離外的左邊傳來。現在周遭仍是一片漆黑的狀態，所以看不清楚，但那裡應該是某條岔路的入口。

黑暗中浮現了微弱的光芒。它看起來在空中不斷搖曳，所以八成是火光吧。看來，把這些熊貓叫醒會比較好。

「歡迎光臨。」

因為擔心被敵人發現，所以我壓低音量，試著叫醒他們。

「嗯～再吃……二十塊肉就好……」

「米可涅、休特……你們都是男孩子，不可以……做那種……」

他們在說夢話呢。絲各的發言疑似還帶著腐女的電波。裝作沒聽到好了。

這些熊貓完全沒有要醒過來的感覺耶。呃，不能這樣放任事情發展，再大聲一點吧。

「期待您下一次的光臨。」

「嘩啊啊啊啊！什……什……什麼？」

米可涅能醒過來是很好，但他的聲音太大了。

聽到他的大喊，其他幾隻熊貓也醒了過來，慌慌張張地環顧四周。這下子，應該完全被那個謎樣的火光發現了吧。四周慢慢變得明亮起來，正是牠逐漸靠近這裡的證據。

「是敵人！大家，準備逃跑吧。」

這些熊貓毫不猶豫地選擇逃跑，而不是正面迎戰的作風，我並不討厭。比起不知死活又自不量力的獵人，他們要來得好太多了。在已經做好逃跑準備的貪食惡魔團面前，出現了被火焰包圍、體型跟一個成年人差不多大的頭顱。

「是焰飛頭魔嗎！不趕快解決的話，牠會呼喚焰巨骨魔過來啊！」

「水……水！快想辦法用大量的水潑牠！」

是那個火焰骷髏的同伴嗎？要是那種魔物被找過來，我們可就完全沒勝算了。水……現在需要水是吧？

我迅速在取物口落下兩公升的礦泉水瓶。

「咦，是水？這個魔法道具箱子掉出一瓶水了！」

「太走運了！絲各，把它拿給我！」

休特啊，可以不要用「走運」兩個字來做結論嗎？看來，他們完全不覺得身為自動販賣機的我會有自我意識呢。你們差不多可以發現這點了喔。

我懷抱著半放棄的心態，繼續落下更多瓶礦泉水。

大家全都將兩公升的礦泉水瓶揣在懷中。他們的長爪似乎很難順利扭開瓶蓋，所以最後是用爪子直接切開靠近瓶口的部分。

接著，他們將礦泉水瓶夾在腋下，開始展開攻擊。熊貓們以超乎我想像的迅速動作，逼近在半空中漂浮的頭顱，猛力朝牠潑水。

被澆了四瓶水之後，包覆著頭顱的火焰也徹底熄滅。失去火焰保護的頭顱，在米可涅狠狠啃咬之後裂成無數的碎片，然後消失。少了那層火焰，牠就變得很脆弱呢。

至今，這些熊貓總是選擇逃跑，讓我一直無從判斷他們的實力，但他們剛才的動作好敏捷啊。說不定他們其實很強呢，只是平常看不出來就是了。

能打倒那個焰飛頭魔是很好，但因為不確定牠有沒有呼叫援軍，所以熊貓們還是相當警戒的樣子。要是那個大塊頭出現，真的就只能逃之夭夭了。

他們觀察了周遭片刻，確認沒有援軍現身後，便決定輪流在這附近站崗。希望能稍微放下心來度過這晚就好。

會合

在手忙腳亂的夜晚結束後，熊貓們將大量的早餐吃個精光，然後很罕見地開始做出發準備。以往，他們總會懶洋洋地等到食物稍微消化一些，才肯採取行動呢。

昨晚的戰鬥，或許也讓貪食惡魔團的這些成員好好上了一課吧。他們決定將礦泉水瓶塞進後揹包裡頭。

「只要對著焰飛頭魔潑水，就能夠打倒牠了。所以大家各帶一瓶吧。」

「對了，我們也隨身攜帶一些食物吧。跟這個箱子分開的時候，也會肚子餓啊。」

儘管總是以食慾優先，但佩魯這次的發言可說是相當中肯。其他成員也同意他的意見，開始向我選購商品。因為肉類不適合作為存糧攜帶，所以我把架上的商品換成零食類，以及方便保存的罐頭食品。

「這個魔法箱子好厲害喔。想吃肉的時候，它就會把肉賣給我們。現在，它也把類似乾糧的東西擺出來了呢。好像擁有自我意識耶～」

喔喔喔！佩魯，你明白了嗎！這代表我終於有辦法和他們溝通了嗎？

「歡迎光臨。」

「不可能、不可能。你看，它也只會用『歡迎光臨』來回應而已啊。」

米可涅用手在臉前揮了揮，表現出徹底否定的態度。可惡，我下次賣冰凍的炸雞給你喔。

唉～算了，我也猜到了啦。倘若我能回答「是」或「不是」，就算是他們，應該也能察覺到我擁有自我意識的事實，可是，只能以「歡迎光臨」回應的話，八成沒辦法了。

反正他們也不會加害於我，現階段這樣就好了吧。總之，我的目的是讓他們把我推到迷宮入口附近，然後讓清流之湖階層的人發現我。

我想，在達成這個目的後，要我給貪食惡魔團一點小費也無所謂。不過，在跟我買東西時能夠有折扣，說不定會讓他們更開心吧。

「那麼，大家今天也打起精神努力吧！」

「喔～！」

啊啊，好療癒喔～儘管陷入了四周都有魔物徘徊的危險處境，但光是看著他們，就不禁令人嘴角上揚呢。倘若我不是一台自動販賣機，現在一定露出了很可笑的表情吧。

他們輪流推著我前進一陣子之後，我看到前進方向的遠處揚起一陣沙塵。有人在戰鬥嗎？因為距離太過遙遠，我無法確認對方是人類還是魔物。

「各位，前面好像有誰正在戰鬥呢。怎麼辦？」

米可涅也發現了嗎？所有人都停下腳步，挺直背脊凝視著遠方。

「雖然看不太清楚，但確實有打鬥聲傳來。」

「嗯嗯，我也聽到了。」

「好像是獵人。似乎有不少人的樣子。」

我也……聽不到呢。他們的聽覺似乎格外敏銳。

「怎麼辦？要過去幫忙那些人嗎？」

「這麼做的話，這個魔法道具箱子會不會被搶走啊？」

「可是可是，只靠我們走出這座迷宮的話，應該會很吃力呢。」

「說得也是。保命才是最重要的嘛。或許值得上前交涉一下。」

倘若那些獵人陷入苦戰，就過去挺身相助，順便賣個人情。這樣一來，對方應該也不會做出迫害我方的行為——雖然意見有些分歧，但經過一番討論後，熊貓們最後做出了這樣的結論。

「首先，我一個人過去窺探戰況就好。得先確定他們是不是可以交涉的對象才行。你們就推著這個箱子慢慢過來吧。」

「明白了。你自己多小心喔，休特。」

「包在我身上。」

休特率先衝了出去，他的身影也在瞬間因遠離而縮小。

我和剩下的三人一邊窺探遠處的戰況，一邊緩慢前進。因為距離還很遙遠，目前，出現在視野中的應戰者仍只有米粒那麼大，除了勉強能看到他們生著四肢以外，其他一概無從判別。

「好像是獵人勢力占上風。」

「是不是有個人一直發出奇特的叫聲啊？」

「嗯，不知道在喊些什麼呢。好像是女性的聲音。」

一邊發出怪叫聲一邊戰鬥嗎？或許是那個人用來激勵自己的方法吧。就像推鉛球的選手，也常在把鉛球扔出去時，發出旁人聽不懂的吶喊聲。聽說經過那樣大喊，自己的動作會更強而有力。

我們緩緩朝戰區靠近的同時，有個人影高速朝這裡衝過來。我定睛仔細一看——原來是休特嗎？

「喂~大家，熊會長來了喔！我已經跟他說明過了，快點過去吧！」

「咦！你說在清流之湖階層經營獵人協會的那個熊會長？」

「他為什麼會來到下面的階層呀？」

「不過，這樣一來就得救了呢。如果是熊會長，一定能好好溝通，也不會搶走其他獵人擁有的寶物。」

熊貓們露出鬆了一口氣的表情開心討論著，而我也跟他們一樣，甚至比他們加倍感到安心。

熊會長來了啊。得救了……這麼一來，拉蜜絲或許也在吧。

我已經做好她撲到我身上大哭，或是對我大發脾氣的覺悟了。這一切我都會甘之如飴。因為，這正是她為我擔心的證據啊。

「對了，那群獵人之中，有一個很厲害的人類喔。她一邊發出『阿～箱～～～～』這種意義不明的吶喊，一邊赤手空拳地把岩人魔打個粉碎呢。」

拉蜜絲果然也和熊會長同行了嗎？感覺她絕對很擔心我呢。這下子，就算被罵到臭頭，我也只能靜靜聽她訓話了。

「騙人～人類怎麼可能赤手空拳把岩人魔擊碎啊。」

「不不不，是真的喔，佩魯。而且，對方還是一名體型嬌小的女性。她好像還說了『老是讓人家這麼擔心，之後絕對要狠狠揍你一拳才能消氣』之類的話。」

……用〈結界〉來防禦的話，可能會讓她更生氣吧。堅硬度不知道夠不夠……要不要再提昇一點呢？

「咦？這個箱子是不是突然變重了啊？感覺變難推了耶。」

「啊，嗯，真的耶。它變得好重喔。」

是你們的錯覺喔。

我懷著有點想見拉蜜絲，又不太想見她的矛盾想法，就這樣被推往他們持續戰鬥的地方。

「咦！阿～～箱～～～～～～！」

靠近到能讓我們清楚看見彼此的距離時，獵人們剛好也結束了戰鬥。在發現我們的瞬間，拉蜜絲朝我暴衝過來。她的行經之處，甚至留下了一個個凹陷的腳印。

別這樣！不要用足以粉碎地表的蠻力高速助跑過來！要是用這麼猛的力道撲向我的話——！

衝到距離我幾公尺的位置時，拉蜜絲敞開雙臂，整個人撲了過來。用〈結界〉……不行。身為一台自動販賣機……不，應該說身為一個男人，把哭著撲向自己的女性彈開，是差勁透頂的行為呢。

這裡唯一的選擇……就是接受她！

不要緊。已經把堅硬度提昇到五十了，所以不會有事的——看著拉蜜絲愈靠愈近的那張哭泣臉龐，我試著如此說服自己。

周遭一帶響起足以震懾大氣的重低音。在衝撞瞬間產生的衝擊波，劇烈到把原本推著我前進的貪食惡魔團成員全都震飛。

《傷害值10。耐用度減少10。》

咕啊啊啊！沒……沒想到，已經把堅硬度提昇到這麼高的我，竟然還是受到了十的損傷！

「阿箱！你這個大笨蛋啊啊啊啊啊！我一直相信……一直相信你絕對不會壞掉喔！」

《傷害值2。耐用度減少2。》

妳……妳成長了耶，拉蜜絲。另外，能否請您停下猛力搥打我的動作呢？

雖然想開口說些什麼，好讓她離開我，但看到拉蜜絲將整張臉貼在我的機體上，又哭成淚人兒的模樣，我判斷這時應該默默包容她的行為。

我必須接納這樣的她，直到她心滿意足為止。

《傷害值3。耐用度減少3。》

還是偷偷進行一下修復作業好了。

待拉蜜絲冷靜下來，我也熬過她宛如虎頭鉗的強力擁抱後，其他成員紛紛朝我們靠近。在我眼前一字排開的，全都是些熟悉的面孔。

「真是的，讓人這麼擔心。呼～～老娘也相信你一定平安無事吶。」

休爾米將額頭貼上我的機體，以拳頭輕輕搥了我一下。她的嗓音聽起來有種不同於以往的虛弱。看來她真的也相當擔心我呢。

「又見面了吶，阿箱。」

「你應該沒有哪裡故障吧？要是你壞掉了，大家可都會困擾得不得了吶，這點你明白嗎？連我心愛的女朋友都很擔心你喔。」

守門人戈爾賽和卡利歐斯也一起來救我了嗎？為了聊表謝意，我想拜託拉蜜絲之後把我設置在大門附近呢。

「真是得救了。阿箱，要是沒能找到你的話……」

「實在是好險啊，阿白……」

「就是說啊，阿紅……」

愚者的奇行團的男性陣營也紛紛鬆了一口氣，放心地垂下雙肩。咦，他們這種反應是什麼意思？

「阿箱先生，看到你平安無事真是太好了。之前，拉蜜絲小姐清醒過來後，我們向她報告丟下你逃跑一事，結果……」

「她就露出橫眉豎目的表情逼近團長呢。要是沒找到你，現在不知道會怎樣呢……」

聽完副團長菲爾米娜和弓箭手荇伊的說明，我才恍然大悟。

是現在坐在我身旁、抬起兩隻眼睛瞪著我的拉蜜絲威脅他們嗎？對不起喔，老是讓妳擔心。

「阿箱，不過，你是怎麼得救的呢？因階層地裂現象而墜落下方階層的人，最後還能毫髮無傷地生還，這種事簡直前所未聞吶。」

把我從頭到底部的車輪都細細打量一次之後，熊會長道出這樣的疑問。

一般情況下，從那樣的高度墜落，絕對會活活摔死呢。那時的我，心中也曾浮現了自己未來變成一堆廢鐵的光景。

「會長、會長，好久不見了！」

剛才被衝擊波震飛的貪食惡魔團成員，不知何時再次復活，跑過來圍繞在熊會長的身邊。

「喔喔！大胃王團的成員都到齊了啊。是你們找到阿箱、還保護了它的安危吧。非常感謝。」

嗯？咦，那貪食惡魔團……只是他們自稱的團名而已嗎？

「咦？會長，你說的阿箱是什麼東西？」

「你會不知道也是情有可原，米可涅。這個魔法道具箱子名叫阿箱，是清流之湖階層的居民之一。」

「居民？」

貪食惡魔團（自稱）、亦即大胃王團的所有人，此時都露出了不解的表情。

原來，儘管身為一台自動販賣機，熊會長仍認同我是清流之湖階層的居民嗎？來到這個異世界之後，在人際關係方面我實在是受惠良多呢。真是的，因為太開心，我這台自動販賣機差點就要漏水了啊。

「嗯，居民。它住在清流之湖階層的聚落裡。」

「咦？可是，它不就是一種方便的魔法道具……」

「噢，這樣嗎？你們似乎還沒發現啊。其實，阿箱擁有能和他人溝通交流的自我意識。對吧，阿箱？」

「歡迎光臨。」

「可是，你看啊，會長，它只會說『歡迎光臨』而已嘛。」

「因為阿箱能說出來的台詞有限。它總是用『歡迎光臨』來取代『是』，用『太可惜了』來取代『不是』的意思。」

就算聽了熊會長的說明，大胃王團似乎還是半信半疑，只是半瞇著眼盯著我看。

「呃……你叫阿箱是嗎？我們貪食惡魔團最常跟你購買的食物，是炸肉塊對不對？」

「歡迎光臨。」

「呃……那麼，他的名字是休特。」

那隻胖嘟嘟的熊貓是佩魯才對，所以我用「太可惜了」回答。

「騙……騙人。那麼，我們之前說的話，你全都聽得懂嗎？」

「歡迎光臨。」

因為過度錯愕，熊貓們的嘴巴張大到下巴快要脫落，漆黑大眼也瞪大到快要掉出來的程度。

嗯，畢竟，他們壓根不覺得可以和我相互溝通嘛。

原本以為能透過轉賣我而大撈一筆的大胃王團，此刻受到了相當大的震撼。儘管熊會長仍在繼續說明，但他們看起來一個字都沒聽進去。

啊，嗯。作為運費，我等會兒免費請你們吃炸雞塊。我們就這樣扯平了，好嗎？

操作與討伐

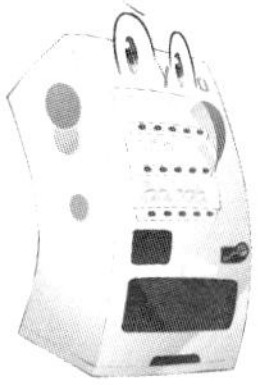

「阿箱，現在方便嗎？我有話想跟你說。」

我們會合沒多久之後，時間便來到傍晚。當所有人在主要通道的一角進行野營的準備時，熊會長過來向我攀談。

啊，對了對了。聽到熊會長願意另外支付一筆酬勞後，大胃王團的成員們欣然接受了這樣的安排。現在，用炸雞塊充分填飽肚子的他們，正幸福地熟睡著。

「歡迎光臨。」

拉蜜絲和休爾米分別坐在我的兩側。她們已經享用完向我購買的食物，現在正直直盯著我看。

「噢，妳們兩位也可以一起聽。這次，我們前來此處的首要任務，是為了進行你的搜救行動，阿箱。而這個任務在今天達成了。」

我真的受到熊會長很多照顧呢。我等一下會免費提供商品，要是有你喜歡的東西，請儘管拿去吧。

「雖然也可以就這樣返回清流之湖階層，但我們會前來迷宮階層，其實還有另一個目的。這是身為獵人協會會長的我分內的工作，同時也是愚者的奇行團的委託。」

我有猜到這或許是愚者的奇行團的委託，不過，獵人協會會長分內的工作，又是什麼意思？

「首先，愚者的奇行團的委託內容，是討伐焰巨骨魔——亦即迷宮階層的霸主。至於會長分內的工作，則是調查階層的異常變化。繼清流之湖階層的霸主八足鱷之後，這個階層也出現了焰巨骨魔的目擊報告。」

焰巨骨魔果然是階層霸主嗎？之前，我也親眼目睹到牠駭人的魄力和壓倒性的力量，所以可以理解呢。也能明白獵人協會開始調查異常變化的理由。可是，沒想到愚者的奇行團竟然企圖打倒那樣的存在……

「獵人協會原本尚未考量到討伐這一步，但由於霸主的出現，迷宮的勢力平衡受到破壞，獵人的死亡人數也一下子增加很多，這是不爭的事實。老實說，可以的話，協會也希望能予以討伐。」

的確，一般來說，遇到那樣的敵人，恐怕也只有順利逃走，或是死路一條的結果。我能理解熊會長是為了其他獵人的安危著想才決定起身行動。我甚至覺得他是一名相當優秀的上司。

不過，依愚者的奇行團的作風來看，他們應該會以安全為最優先考量吧。很難想像他們會做出有勇無謀的挑戰。

「至於愚者的奇行團的目的，我想，由當事人親口來說，是最恰當的做法。」

語畢，熊會長轉頭。團長和副團長正站在他的身後。

凱利歐爾團長以一如往常的態度對我輕輕揚起一隻手。菲爾米娜副團長則是朝我深深一鞠躬。

「那麼，我就坐下來啦。」

「打擾了。」

在熊會長移動到一旁之後，這兩人便在我的正前方坐下。

團長收起了平常輕佻的態度，以過去不曾表露出來的認真眼神望向我。

「我想，你應該已經聽會長說過了。我們想打倒階層霸主。為此，希望能藉助你的力量。」

就算你這麼說……我不知道你為何想進行這麼危險的挑戰，再說，你又期待一台自動販賣機能夠做什麼呢？

「不過，突然這麼說，你應該也很傷腦筋吧。呃……就是啊，你看，我們的團名是『愚者的奇行團』對吧？這可不是我臨時想到的名字吶。因為，我們真的是一群行動奇特、幾乎跟亂來一通沒兩樣的愚者喔。」

不知是不是我多心了，儘管凱利歐爾團長的嘴角上揚，說話語氣也很輕鬆，但他的苦笑看起來卻有點像在哭泣。一旁的菲爾米娜副團長則是一語不發地垂下眼簾。

「隸屬於這個團隊的成員，都有一個目標。為了達成這樣的目標，我們全都做好了『願意做任何事』的覺悟。無論被他人當成笨蛋瞧不起，或是因行徑奇特而遭到嘲弄，我們都無所謂。阿箱，你知道迷宮的傳說嗎？」

才剛到異世界不久的我，不可能聽說過這種東西，所以只能不假思索地以「太可惜了」回應。

「迷宮……存在於世界各地。據說，只要是抵達最下方階層、同時又滿足相關條件者，每個人都可以實現一個願望。這就是我們的目標。為此，必須收集打倒階層霸主時掉落的硬幣……的樣子。」

哦……啊，被我歸在所持物品裡的八足鱷的硬幣，就是他說的那個東西吧？所以它真的很有價值嘍。如果賣掉的話，不知道值多少錢？

「根據傳聞，有幾枚硬幣，就能夠實現幾人份的願望。愚者的奇行團一共有八名團員。雙胎的願望一樣，而我跟副團長的願望也一樣。算一算，我們想實現的願望一共有六個。然而，我們目前只拿到了三枚硬幣，數量還不夠。而且，還沒有人曾經抵達過最下方的階層。」

如果使用被我吸收到體內的那枚硬幣，我也可以實現一個願望嗎？那麼，變成超高性能自動販賣機的夢想……啊，不，不對。因為最近愈來愈習慣這個身體，我完全忘了自己或許也能變回人類一事。

「聽休爾米說，你好像是寄宿在這個箱子裡的人類靈魂？如果和我們一起行動的話，你或許能夠恢復成人類的肉體。」

他果然鎖定這一點來遊說我啊。然而，對這句話表現出激動反應的不是我——而是拉蜜絲和休爾米。

「這……這是真的嗎！」

「老娘好像有在書裡看過相關的文章。讓阿箱以人類之姿復活嗎……」

拉蜜絲一把揪住團長的衣領，猛力朝前後搖晃。團長的頭跟著甩來甩去，幾乎都要形成殘像了。菲爾米娜小姐，妳別只是在一旁看著啊，快點、快阻止拉蜜絲。團長的脖子都要斷了呢。

「如果中獎就能再來一瓶！」

聽到我以較大的音量播放這句台詞，拉蜜絲才停下了動作。雖然團長此刻看起來癱軟無力，但還活著就好了吧。

能實現任何願望，聽起來實在令人半信半疑。不過，畢竟這裡是異世界，所以或許真的有可能吧。倘若是連一絲絲可能性都不願放過的人……這樣的傳聞，想必會成為相當強力的誘惑呢。

「謝……謝謝你出手相救啊，阿箱。唉，妳們先冷靜一點。不管怎樣，都得先抵達最下方的階層，不然就沒有意義了。現在，為了提昇實力，我們在各個階層遊走，順便打聽霸主的情報。一旦得知牠出沒的消息，就會像這樣前往討伐。話說回來，阿箱，我有件事想問你。在打倒八足鱷時，你有看到牠落下的硬幣嗎？」

雖然可以用謊言蒙混過去，但既然凱利歐爾團長提供了這麼多貴重的情報，我也想老實回答他。

「歡迎光臨。」

「有看到是嗎？那麼，你知道那枚硬幣現在在哪裡嗎？」

「歡迎光臨。」

我感覺到團長的眼神在一瞬間變得犀利，瞳孔深處也散發出某種光芒。

在明白一行人的目標後，我想，現在應該可以比以前更信任他們了。在我還有利用價值的時候，他們八成不會做出背叛行為才是。

「難道……你持有那枚硬幣嗎？」

「歡迎光臨。」

「是嗎，那事情就好辦了。阿箱、拉蜜絲，加入我們愚者的奇行團……不，我不會要求你們一直和我們同行。不過，若是有遠征行動，或是需要藉助你們的力量的時候，希望你們能協助我們。」

我個人覺得接受他這樣的請求也無妨，但問題在於拉蜜絲怎麼想。從剛才開始，她就一直沒有吭聲呢。我將視線移往她的身上，結果拉蜜絲迅速起身，將手貼在我的機體上。

接著，她露出溫柔的笑容表示：

「嗯，我願意協助你們！因為我也想變得更強，還想跟變成人類的阿箱聊天，或是親手做料理給他吃嘛！」

「真沒辦法，那老娘也一起幫忙好了。要是只有拉蜜絲一人，感覺很輕易就會上當受騙吶。」

「非常感謝。當然，我們也很歡迎妳喔，休爾米。那麼，阿箱，你願意協助我們嗎？」

既然大家都表態了，我的答案也只有一個。

「歡迎光臨。」

「是嗎！只要有阿箱在，糧食問題就能一口氣解決了呢！謝啦！」

「謝謝你，阿箱先生。這樣一來，我們就不用因為糧食不足的問題，而去啃魔物的骨頭充飢了呢……」

副團長跟著回應，還刻意以手輕拭眼角。不知何時來到她身後的紅白雙胞胎，欣喜若狂地將拳頭高高舉起。站在他們身旁的菻伊，則是笑容滿面地用舌尖舔了舔嘴唇。看樣子，他們比想像中更歡迎我加入呢。

「然後呢，阿箱。這次要你幫忙的，不只是提供糧食的工作而已。話雖如此，但也不是要你在危險的現場應戰。我們希望你能協助進行『只有你做得到』的焰巨骨魔攻略計畫。」

聽起來話中有話呢。或許團長有他的考量吧。因為他表示明天會詳細說明，我們便沒有繼續追問下去，眾人也在解散後各自就寢。

拉蜜絲和休爾米倚著我睡下了。唉～～要是我有人類的肉體，現在會不會有點手足無措，甚至是亢奮的感覺呢？在這種時候，我究竟該慶幸自己擁有鐵打的機身，或是為此遺憾萬千？

如果我有觸覺的話，就能感受到女性身體特有的柔軟了吧。不過，面對這兩個打從內心對我信賴有加的伙伴，我得讓這種非分之想收斂一點才行。

話說回來，團長看起來是鐵了心想討伐焰巨骨魔呢。還說要藉助我的力量……不知道他打算怎麼做？

最理想的因應對策，應該就屬用水攻擊了吧。可是，就算用寶特瓶朝牠澆水，我想恐怕也沒什麼效果。他是有什麼妙計嗎……這麼說或許像個搞不清楚狀況的傢伙，但我忍不住有點期待呢。

雖然不知道能不能派上用場，但我也來擬定一些對策吧。

將商品賣給輪流站崗的紅白雙胞胎和兩名守門人的同時，我整晚都在思考可行的討伐手段。

「各位都準備好了嗎？那麼，我們移動到那個地方吧。請看看手上的地圖。」

在大胃王團高漲的食慾影響下，菉伊也跟著開始狂吃猛喝。這樣的發展一如我的預測呢。總之，在和平的早晨時光告一段落之後，熊會長這麼朝眾人開口。

我望向熊會長手中攤開的地圖。該怎麼說呢……不只迷宮的構造歪七扭八，精確度也很低。跟我從上空拍攝到的影像相比，這張地圖實在很難稱得上正確。

如果能跟大家分享監視攝影機拍到的影像就好了。有沒有什麼新功能可以支援啊？呃……這個怎麼樣呢。所需點數……還滿多的耶。不過，因為我從大胃王團那裡撈了不少銀幣，所以應該不成問題。我選擇了功能清單裡的〈液晶螢幕〉，在大家認真看著地圖討論的時候，開始嘗試這個新功能。

現在，我可以把液晶螢幕設置在自己的正面，無須實際將商品陳列出來，而是讓它們顯示在螢幕上，讓客人透過直接觸碰螢幕的方式來買東西了呢。唔唔……那麼，我之前用監視錄影機錄下來的影片，可以透過這個螢幕播放出來嗎？

就試試看好了。首先，我一如往常地在體內播放只有自己看得到的影像。接著，再努力想像將它投影至機體表面的光景。

出現吧～出現吧～出現吧～喝啊啊啊啊啊！

「啊啊啊！為什麼我跟我女朋友的身影會出現在這裡？怎……怎麼回事？這是幻覺嗎！」

原本望向其他地方的守門人卡利歐斯，此刻似乎注意到我的變化。他看著映晶螢幕播放出來的影像，全身僵硬地愣在原地。

『留下妳獨自外出，簡直讓我難受到彷彿身體被撕裂開來……不過，這也是工作吶。抱歉！』

『是的，我也不願意跟你分開，但也不願意妨礙你的工作。所以，我會強忍淚水——』

「快住手啊啊啊啊！」

順帶一提，我現在播放的，是他和女朋友你儂我儂的光景。

站在客觀角度看，才突然覺得很難為情嗎？卡利歐斯雙手抱著頭蹲下來了呢。我也覺得這樣的他實在有點可憐，所以趕忙換上另一段影片。

「這是……迷宮階層嗎！阿箱，這究竟是？」

「感覺是從上空鳥瞰的景色吶。阿箱，難道說……你是把自己之前曾經看過的景色，投射在這塊區域上嗎？如果這是你因階層地裂現象而下墜時看到的景色，一切就說得通了。」

能夠馬上理解其中原理的休爾米在場，實在幫了我一個大忙。

「歡迎光臨。」

「其……其實我也知道喲。」

拉蜜絲，妳不用燃起敵對意識啦。她雙手抱胸這麼主張的身影，散發出一種療癒人心的可愛，但現在不是放鬆心情的時候。

在影片播放到迷宮全景呈現出來的片段時，我按下暫停鈕，再將畫面顯示在液晶螢幕上。

「沒想到能窺見整座迷宮完整的樣貌啊……阿箱，你立下大功了。之後，我會以獵人協會的立場，再多提供一份酬勞給你。」

「麻煩妳了，菲爾米娜。」

「我明白。」

熊會長佩服得頻頻點頭。副團長菲爾米娜則是掏出一張紙，開始參考螢幕上的影像，畫出完整的地圖。

希望這樣能讓迷宮階層的攻略行動更輕鬆一點。

祕密對策

「那麼，關於階層霸主焰巨骨魔的討伐行動，有一個對策。」

被拉蜜絲揹在背後的我，一邊感受著令人安心的晃動感，一邊豎耳傾聽熊會長的說明。

「前方的主要通道，存在著一個很多獵人都不知道的大型陷阱。這個陷阱比較獨樹一格，需要特殊的條件來觸發。」

「我記得是重量吧。」

走在前方的凱利歐爾團長刻意放慢腳步插話。大概是因為沒事做吧。

「沒錯。超過一定的負重量後，陷阱便會起動……在地表形成一個大洞，亦即洞穴陷阱。我打算讓焰巨骨魔落入那個陷阱裡頭。」

能讓那種龐然大物跌下去，想必是個超大的洞吧。要是有這種陷阱存在，不管是誰，應該都會發現才對啊。

「這個陷阱的棘手之處，在於它讓侵入者無法以人多勢眾的方式突破這個階層。有意攻略迷宮階層的話，那條主要通道可說是出發點，也是每個人的必經之處。然而，只要同時踩在陷阱上的人數超過一定值，所有人就會一起跌進洞裡。」

「所以，這次的討伐隊著重的不是人數，而是能力對吧。」

噢，原來如此。就是基於這樣的理由，守門人二人組才會加入討伐隊嗎？畢竟，在衛兵之中，卡利歐斯和戈爾賽的身手也是一流的呢。

「現在，清流之湖階層的獵人變多了，再加上階層霸主也已經被打倒，讓卡利歐斯和戈爾賽暫時離開，也不會有問題。」

「他們倆可是優秀到讓我想挖角入團……開玩笑的啦，團長。」

被熊會長輕輕瞪了一眼後，凱利歐爾團長朝他聳聳肩。

就算說那兩人是聚落的防守重鎮，或許也不算誇張。熊會長是負責管理清流之湖階層的人物，站在他的立場，要是兩名守門人被別人挖角而離開，想必會很傷腦筋吧。

老實說，我覺得他可能多慮了。至少，卡利歐斯不會離開清流之湖階層吧。我這麼想著，朝身為當事人的他瞄了一眼。

「等這次的討伐行動結束後，我女朋友要辦一場歡迎我回家的慶祝派對吶。哎呀~被愛也真是辛苦啊！」

這個人滿面笑容地說些什麼啊。那張頂著光頭、魄力十足的臉龐，現在簡直像是融化了一樣。只要女朋友還留在清流之湖階層，卡利歐斯就會繼續擔任聚落守門人。這次會前來迷宮階層，可說是例外中的例外了吧，得感謝他才行呢。

在這樣的卡利歐斯身旁，戈爾賽以手扶額，還嘆了一口氣。真是辛苦你了。

「差不多抵達洞穴陷阱的所在處了。請各位靠在左側的石牆上，讓自己的背緊貼著牆面。」

所有人按照熊會長的指示，靠著石牆排成一列。只有熊會長一人貼著石牆前進，還將手伸向牆面，不知在摸索什麼。片刻後，他重重點頭，然後望向我們所在的方向。

接著，地面先是傳來一股震動，隨後浮現一條筆直的裂痕，就這樣裂成兩半。除了我們所在的靠牆處以外，這一帶的地表全都徹底消失了。

根據我的目測，突然出現的這個巨大的正方形洞穴，幾乎足以容納整座一般大小——亦即長二十五公尺、寬十五公尺的游泳池。這個洞穴身不見底，即使探頭張望，也只看得見一片漆黑的深淵。

「這個洞穴呈倒圓錐形，四邊都有傾斜的坡度，請多加留意。希望各位都能牢記洞穴所在的位置。我現在是刻意觸發陷阱，一般情況下，只要我們避免讓所有人同時通過這裡，洞穴應該就不會打開……雖然阿箱的重量可能很難說。」

因為我很重嘛。不過，熊會長的體重想必也不算輕吧。

熊會長再次進行某種操作後，剛才裂開的地表處，又緩緩地重新密合在一起。

「請各位避開剛才的洞穴部分前進。通過這個區域後，我們再繼續進行作戰大綱的說明。」

見識到這個洞穴的深度之後，大胃王團的成員們個個死盯著地面，戰戰兢兢地慢慢前進。這樣的他們，看起來又更可愛了。沒有進入威嚇模式時，他們絕對是療癒系角色。

和洞穴拉開一段距離後，大家在地上圍成一個圓圈坐下。接著似乎輪到凱利歐爾團長負責說明。

「好啦～既然已經跟阿箱成功會合，我現在就來進行詳細說明吧。剛才的洞穴，有焰巨骨魔身高兩倍以上的深度。我們原本計劃把牠引到陷阱的正上方，再讓牠掉進洞裡，不過，即使順利讓焰巨骨魔摔下去，也不見得能就此打敗牠。畢竟，就算從洞穴上方展開攻擊，牠身上的烈焰也會將一切燒熔。所以，我想讓阿箱提供大量的水，再加上我們副團長的水系魔法，把那個洞穴灌滿水。」

原來如此。所以才需要我嗎？

如果能撲滅焰巨骨魔身上的火焰，就能讓牠像焰飛頭魔那樣，變成失去外在屏障的白骨。這樣一來，攻擊就能奏效。這就是團長擬定的計畫吧。讓焰巨骨魔完全浸泡在水中的話，的確有可能讓牠身上的火焰熄滅，不過，想把那個洞穴灌滿水，不知道需要多少時間？

光是用瓶裝水的話，說不定得花上好幾天。

聽說，就算是學校的游泳池，也需要半天左右的時間來蓄水。從深度來看，這個洞穴可能有普通游泳池的幾十倍那麼大。要是用一般的方式灌水，大概會讓人等到頭髮都花白了吧。

「雖然知道這是個強人所難的要求，但我還是想問問看……阿箱，你有沒有辦法販賣，或是釋放出大量的水？」

所有人的視線都往我身上集中。被這種滿是期待的眼神注視，讓我有點傷腦筋耶。如果變形成水的自動販賣機，就可以只販賣礦泉水了。我記得功能清單裡也有這一項。可是，這點程度的注水量，想要灌滿那個洞穴，恐怕還是需要很長一段時間。

水……水嗎……比對一下我現有的功能，或許會發現什麼攻略的線索也說不定。

對了，變形成我之前兌換來的〈冰塊自動販賣機〉，然後不斷將冰塊排放到洞穴裡的話，或許會比單純排放水來得更快。

此外，我的功能清單裡還新增了〈投幣式吸塵器〉，但這個功能感覺沒什麼關連性呢。雖然在自助洗車場用過……嗯？自助洗車場？所以，我現在應該也能選擇「那個」了嗎？

好～雖然覺得最近點數消耗得有點凶，不過，身為自動販賣機，就該為客人盡心盡力嘛。就追加這個功能吧。

選擇套用新功能之後，我變形成寬度比自動販賣機大兩倍以上的機體，還增加了幾個按鈕。機體側面連接著一根黑色的硬質水管，管子末端裝著像自助式煤油機那種附控制桿的噴嘴。

「你又變形成以前都沒看過的樣子啦。這就是你的答案嗎，阿箱？」

「歡迎光臨。」

我不假思索地回答了凱利歐爾團長的問題。一般情況下，或許會懷疑他們能否正確使用這台機械，但現在，拉蜜絲和休爾米都在這裡。我相信她們倆一定有辦法協助他人理解。

「失禮嘍，讓老娘看一下吧。這幾個凸起來的部分，是不是像以前買東西的按鈕那樣，只要按下去，就會出現什麼反應？」

「休爾米，這邊畫著很漂亮的圖呢。會不會是使用方式呀？」

休爾米靠近我細細觀察時，拉蜜絲指著我的機體側面這麼對她開口。

沒錯。我現在的機體有幾種不同的使用模式，拉蜜絲所說的圖畫，便是針對每個模式的價位、使用方式和順序加以說明的照片。如果是理解力很強的休爾米，看到這些，應該就會明白了吧。

「哦～什麼什麼？讓女性握住這個的話，就會噴出水來嗎！阿箱，能讓老娘試試看嗎？」

休爾米睜大閃閃發光的雙眼，逼近我這麼問道。我當然沒有理由拒絕她。

「歡迎光臨。請投入硬幣。」

最近免費大放送的次數有點頻繁，我還是強調一下這是付費服務吧。因為最後會是愚者的奇行團負責掏錢，所以應該沒問題。

「喔，那我付錢吧。拜託妳了，副團長。」

「說了這種話，卻沒有掏出自己的錢包的氣概。這也很像你的作風呢，團長。」

菲爾米娜副團長掏出錢包，將一枚金幣投入我的體內。我頓時覺得全身充滿力量。這就是已經完成準備的感覺吧。

「好～看來已經準備好了。按下這個按鈕，然後把管子對準無人的方向，再壓下控制桿！」

下個瞬間，猛烈的水柱從噴嘴前端迸出，在擊中牆面後變成飛濺的水花。休爾米也踉蹌著往後退了一步。看來，水柱的威力比她想像的還要猛。

「這還真不是蓋的耶。如果是焰飛頭魔那種程度的火焰，八成能輕輕鬆鬆撲滅。」

休爾米朝著石牆上方和旁邊噴水，試著將上頭的汙漬沖洗掉。她似乎是玩出興趣來了。

在一旁觀看的拉蜜絲、大胃王團的佩魯和絲各、愚者的奇行團的荍伊和雙胞胎，全都露出羨慕的表情圍在休爾米身邊。他們流露出純真無邪的眼神，簡直像是看到新玩具的小孩子。

「等一下輪流來吧。」

聽到休爾米像是在安撫孩童的發言，眾人異口同聲地以「好～」回應，並在原地乖乖等候。

用這種高壓清洗機洗車，其實還挺有趣的呢。以前，我原本都習慣使用自動洗車機，但在體驗過自己洗車的樂趣後，我就徹底改用自助洗車的方式了。

「如果有這樣的出水量，想灌滿那個大洞，應該就不會是痴人說夢了！你幫了大忙吶，阿箱！」

被凱利歐爾團長認同的感覺雖然還不賴，但這樣的出水量，就算耗時好幾天……不，就算耗費一星期以上的時間，恐怕也不奇怪。而且，就算我一直持續注水，事情就會順利發展嗎？再說，把這個當成關鍵作戰真的好嗎？儘管內心充滿疑問和不安，但如果這是最妥當的做法，那也只能努力配合了。我會盡全力的。

啊！呃，等等……我一天只能變形兩小時耶……這下該怎麼辦啊。

在那之後，又過了兩天。

我們為這支討伐隊的其中一名成員繫上救生繩，在盡可能保障他的人身安全的狀態下，讓他走到牆邊操縱起動陷阱的裝置。待地面再次裂出大洞後，我便過著持續朝裡頭注水的日子。

不過，為了因應突發狀況，我最後還是選擇一天變形成高壓清洗機一小時就好。剩下的時間，則是不斷朝洞穴裡落下兩公升的礦泉水瓶。

一開始是讓其他人將瓶蓋扭開，再讓裡頭的水沿著洞穴的斜坡往下流。但看到我單獨讓寶特瓶外包裝消失、裡頭的水也因此灑出來的過程，大家隨即明白了。現在，他們直接將整個寶特瓶扔進洞裡。

途中，豐豚魔和會動的骷髏出現過好幾次。然而，前來挑戰這個高手雲集的隊伍，實在是不夠明智的決定。牠們三兩下就被解決了。

焰飛頭魔出現時，拉蜜絲便會將我揹起，事前決定好的滅火員也會幹勁十足地靠近我，再開心地用水柱朝焰飛頭魔灑水。

高壓清洗機的出水量很大，所以一下子就能撲滅焰飛頭魔的火焰。這樣的過程甚至還讓他們覺得樂趣十足。每當焰飛頭魔出現，大家總是會用羨慕不已的眼神注視當下的滅火員。

「我下去看看裡頭累積了多少水量。要把救生繩握緊喔。」

說著，體重比較輕的米可涅將救生繩綁在自己的腹部上，其他伙伴則是握著繩子的另一頭，讓他緩緩垂降到洞穴底部。感覺應該已經貯存了不少水量呢，不知道實際情形如何？

片刻後，被拉蜜絲用一支釣的手法拉上來的米可涅，開始向熊會長等人傳遞情報。

「洞穴裡頭就像隆冬時期那麼冷呢。可是，因為底下的地質似乎有著良好的排水性，水分都滲入地底，完全沒有貯存起來。」

「唔唔……這樣嗎？」

「我原本還覺得這個作戰計畫很不錯吶……雖然讓牠掉進洞裡是可行的方法，但看來得重新擬定對策了。」

熊會長和凱利歐爾團長面對面地沉吟起來。

排水性很好嗎……啊，這麼說的話，或許有一試的價值喔。

「喔，阿箱，你怎麼又突然變形啦？這是……噢，原來如此。既然裡頭很冷，就放棄灌水，改丟冰塊下去。你是這個意思吧？」

就是這樣。雖然一天只能排放一小時的冰塊量，但總比什麼都不做來得好吧。再說，因為我的敏捷提昇了不少，所以排放冰塊的速度，完全不是以前所能比擬的喔。

滅火

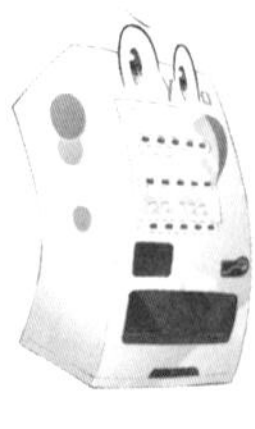

在那之後，每到深夜，我就會改變機型，然後獨自努力排放出大量的冰塊。因為敏捷提昇，我排出來的冰塊，紛紛以怒濤之勢落進洞穴裡。

為了確認情況，米可涅再次垂降到洞穴底部。根據他的說法，因為洞穴裡頭很冷，所以冰塊幾乎完全沒融化的樣子。

休爾米替我在取物口加裝了一個類似木製滑梯的東西，將冰塊排放到洞穴裡的作業，也因此變得更順暢了。

會選擇在深夜執行這個任務，是因為我一天只能變形兩小時。如果在當日的最後兩小時變形，只要時間來到隔天，變形的限制時間也會跟著重置。

所以，這項深夜作業，基本上都是由我獨自進行。拉蜜絲等人原本說要醒著陪我，但被我慎重婉拒了。與其陪我，還不如讓他們負責一般的站崗工作嘛。

倘若焰巨骨魔和焰飛頭魔的性質相同，那麼，只要讓火焰熄滅，我方的攻擊應該就能奏效了。可是，倘若只是冰塊或水分，總覺得瞬間就會因牠身上的高溫烈焰而蒸發。

「阿箱，你在想什麼？」

時間來到隔天。我恢復成原本的自動販賣機之後，拉蜜絲從我的後方探出頭來。

不過，她怎麼知道我正在苦思？我看起來應該就是一如往常的自動販賣機啊。

「你或許沒發現吧。你在想事情的時候，身上的燈光就會閃爍，或是變得比較暗喲。」

這樣啊？我完全沒發現耶。拉蜜絲還真是觀察入微。

「阿箱，我可以問你一個問題嗎？」

拉蜜絲罕見地收起笑容，轉而對我投以認真的眼神。這種情況下，似乎不適合以開玩笑或裝傻的方式回應她。

「歡迎光臨。」

「阿箱，你想變回人類嗎？」

這個問題好難呢。一般情況下，應該都會想變回人類，而不是繼續當一台自動販賣機。就算是身為自動販賣機狂熱者的我，照理說也會……

一開始，我希望自己能變回人類。變回人類，然後和拉蜜絲說話——至今，我仍懷著這樣的願望。可是，我發現了一件事。變回人類、再也不是一台自動販賣機的我——還有存在價值嗎？

現在，我有能夠幫上拉蜜絲和其他人很多忙的自覺。然而，變回人類的話，就代表我會恢復成以往那個沒有值得一提的長處、平凡無比的自己。

想到這裡，就讓我很害怕。剛變回人類時，大家或許還會替我開心吧。可是，一旦我毫無用處的事實傳開，大家或許就會感嘆「我比較懷念你還是自動販賣機的時候呢」……這樣的未來，在我的心中一閃而過。

再說，就算兌換了〈心電感應〉的功能，變得能夠和拉蜜絲對話，但在開口之前，一想到接下來的發言，有可能毀了自己在對方內心的形象，就令我很不安。還是個人類的時候，就不太擅長和他人溝通聊天的我，有能力進行讓她滿意的對話嗎？開口聊天之後，才發現我是個無趣的男人——拉蜜絲會不會像這樣對我幻滅呢？

或許就是基於這個理由，當初，我才會不自覺地逃避兌換〈心電感應〉的功能。像現在這樣，就可以做到最底限的溝通交流，所以已經夠了——我以這個牽強的理由，主動放棄了能和拉蜜絲等人說話的機會。

真沒出息呢。比起身為人類的時候，當一台自動販賣機，竟然還讓我活得更有自信。

「如果中獎就能再來一瓶！」

「這是你也不知道的意思嗎？我倒是希望將來有一天能跟你說話、然後一起做很多事情呢。就像之前說過的，我想讓你嚐嚐自己親手做的料理！」

如果我有一雙手，現在就能緊緊擁住眼前這個露出純真笑容的她了。如果我有兩隻腳，就不用被她揹在身後，而是能和她並肩同行。

光是這樣就夠了吧。如果這是拉蜜絲的期望，我就以此為目標活下去吧。無論最後會有什麼樣的結果在等著自己。

又過了幾天後，洞穴裡的冰塊已經囤積到一定的量，所以眾人決定開始執行作戰計畫。這次的作戰大綱，是先找到焰飛頭魔，再將牠引誘到陷阱所在處。

接著，在洞穴陷阱尚未起動的狀態下，讓焰飛頭魔把焰巨骨魔召喚過來，趁後者走到洞穴上方時起動陷阱，讓牠掉進洞裡。等到焰巨骨魔的火焰熄滅後，就從上方對牠發動攻擊。

為了進行最後一波攻擊，我們在山豬貨車上推滿了大量的岩石。到這個階段，拉蜜絲會成為主要的戰力。

不過，這些岩石的尺寸並不大，是讓我有點在意的問題。拉蜜絲應該有能力舉起更巨大的石頭才對。似乎是因為山豬貨車無法負載太重，又沒有大小適中大的石頭的樣子。

必須試過才知道效果，是這次作戰最令人擔心的地方。能讓焰巨骨魔掉進洞裡的話，在牠還沒爬出來之前，危險性就會降低許多。光是如此，應該就對主動採取攻勢的我們有利才是。

「團長。阿紅好像已經遇上焰飛頭魔了。」

「好，就這樣把牠引誘過來吧。」

將手放在耳朵旁的阿白這麼向凱利歐爾團長說明。印象中，這對紅白雙胞胎似乎會某種特殊的加持能力。無論兩人距離多遠，他們都能聽見彼此的聲音。

雖然能聽見聲音的只限彼此兩人，但這種能力感覺很方便呢。難怪團長也很看重他們。

「如同阿白所說的，我們現在要和洞穴拉開一段距離，在這裡等待。米可涅，麻煩你披上這個連帽斗蓬，守在既定位置。」

「我明白了。」

米可涅套上和石牆同色系的斗蓬，將自己的身體完全包住後，便走到洞穴陷阱的發動裝置旁待命。當米可涅面對石牆時，身上的斗蓬就能讓他和牆面同化，要是不仔細看，說不定不會發現他的存在呢。

至於我們，則是在洞穴的另一頭待命。剩下的，就是趁階層霸主被召喚過來之前，盡可能爭取時間來執行作戰計畫了。

「阿箱，老實說，你怎麼看？你覺得這個作戰能成功嗎？」

休爾米貼近我悄聲問道。

這種情況下，我覺得運氣也是很關鍵的要素。真要說的話，比起思考「會不會成功」，我內心只有「希望能成功」的想法。

「歡迎光臨。」

「是嗎？老娘也希望能成功。不過，聽說焰巨骨魔身上的烈焰，炙熱到能讓水分在一瞬間蒸發吶。只是在洞穴裡填滿冰塊，不知能收到什麼樣的效果……」

噢，原來休爾米擔心的是這一點嗎？雖然很想替她排除這樣的隱憂，但我無法好好開口對她說明。

「阿紅差不多要回來了！」

「在洞穴上方誘導敵人的工作，由我們愚者的奇行團負責。可別放開救生繩喔！」

「包在我們身上，團長！」

「放心吧。」

綁在愚者的奇行團團員腰間的救生繩，由拉蜜絲和熊會長緊緊握著另一頭。至於團長的救生繩，另一頭則是固定在我的機體上。要是我現在變形，會發生什麼事呢……雖然對結果很感興趣，但我還是收斂點好了。

從岔路衝出來的阿紅，身後有三隻漂浮在半空中的焰飛頭魔追著他跑。他引來了好多隻啊。

「佯裝成苦戰的樣子，打倒其中兩隻就好。記得留一隻活口喔。」

「了解！」

愚者的奇行團幹勁十足地衝了出去。他們的實力不可能輸給焰飛頭魔，所以可以放心旁觀了。

實際上，他們的確是以遊刃有餘的態度在應戰。接著，只剩下靜待階層霸主現身了。在最後一隻焰飛頭魔的生命力也逐漸減弱的時候，我感覺到地面傳來微弱的震動。

看來是目標人物大駕光臨了。和岔路相通之處的景色，也開始搖晃扭曲。那就是空氣遇到高溫產生的現象吧。

「好，大家都明白該怎麼做吧！」

「是！」

輕鬆撂倒最後一隻焰飛頭魔後，愚者的奇行團回到洞穴的正中央處待命。眾人的視線，全都集中在被鮮紅烈焰包覆、只剩下白骨的那隻巨大手掌。隨後，同樣覆著一層火焰的頭顱，從靠近石牆頂端的位置靜靜探出。

「在這樣的距離之下，就已經讓人覺得很熱了嗎？」

休爾米拭去額頭上的汗水，死盯著焰巨骨魔看。大家的表情都僵硬不已。這也是理所當然的反應。光是身形如此巨大的骷髏便很不尋常了，牠身上竟然還覆著一層灼熱到足以熔化石牆的火焰。

「妳們再退後一些。」

熊會長指示拉蜜絲和休爾米往後退。

愚者的奇行團似乎也被焰巨骨魔的身影給震懾住了，因此開始後退。不過，他們還是有不斷朝腳下偷瞄的餘力。

跟之前一樣，焰巨骨魔每踏出一步，就會在地面熔出一個凹陷的骨頭腳印。原本遲緩地移動的牠，逐漸加快行走的速度，甚至變成小跑步朝這裡靠近。

一邊熔蝕地表，一邊和震動同時逼近的焰巨骨魔，散發出非比尋常的強大魄力。站在客觀角度看，依舊能體會到徹底的絕望感。

「一口氣衝過去！可別被牠抓住了！」

在拔腿死命狂奔的愚者的奇行團後方，火焰骷髏不斷逼近。牠試著揮手攻擊，但都因些許差距而撲空。儘管如此，從身後湧現的炙熱氣流，仍讓團員們的髮絲在空中瘋狂搖曳。

「好燙！好燙、好燙！」

「團長，要抱怨請等之後再說吧。」

「只有副團長能用水包住自己，太奸詐了！」

「妳沒有半點體恤部下的想法嗎啊啊啊！」

「拜託妳也對我們用水系魔法吧！」

聽到其他人的吶喊聲，我望向副團長，發現她確實全身上下都覆著一層水。怪不得只有她能維持一臉若無其事呢。

不過，這種時候還能這樣說笑，可見他們的態度依舊很從容吧。

待團員們離開洞穴的範圍後，焰巨骨魔接著踩上洞穴所在的位置。

「就是現在，米可涅！」

「是！」

聽到熊會長宛如一陣長嘯的指示後，原本和石牆同化的米可涅動手起動陷阱。

在地面變成一個大洞的同時，焰巨骨魔以伸長手臂的狀態，瞬間在眾人的視野裡消失。

「大家，等等會有大量水蒸氣噴出來！先不要靠近洞穴！」

聽到休爾米這麼吶喊，原本想靠近洞穴確認的其他人紛紛停下腳步。

然而，無論等了多久，都不見一絲水蒸氣從洞裡冒出。於是，眾人的視線全都集中到休爾米身上。

「咦……咦？裡頭的水應該會蒸發才對吶……怎麼回事？」

休爾米以手抱胸，一臉不解地喃喃說道。

靠牆站著的米可涅似乎敵不過自身的好奇心，戰戰兢兢地探頭朝洞裡望。

「大家～那個骷髏的火熄滅了！」

「雖然搞不太懂，但既然火已經熄滅，那就沒問題了！投擲作業開始！」

在凱利歐爾團長的一聲令下，所有人開始將巨石扔進洞穴裡。

在場的成員之中，知道火焰熄滅的理由的，大概只有我吧。因為，我持續扔進洞穴裡的那些東西，其實不是冰塊，而是——乾冰。

所謂的乾冰，是將二氧化碳固態化之後的成品。在焰巨骨魔落入洞穴裡之後，乾冰因高溫融化，讓洞穴裡充滿了二氧化碳。

接下來的說明，大概就是小學自然課上過的內容了——在缺乏氧氣的狀態下，火就無法燃燒，而二氧化碳比氧氣重，所以會沉積在洞穴底部，進而讓焰巨骨魔身上的火焰因熄滅。

這個計畫能順利成功固然很好，但要是失敗了，恐怕會讓我看都不敢看吧。畢竟是自己獨斷採取的作戰方式，所以能成功，我真的鬆了一口氣呢。

接下來，希望可以這樣順利打倒焰巨骨魔就好。我看著不斷朝洞裡扔石頭的大家，在內心暗自這麼祈禱。

最後一擊

「狀況如何，米可涅？」

凱利歐爾團長出聲詢問朝洞裡探頭望的米可涅。

「牠看起來已經變得虛弱了，但感覺還需要再追加最後一擊呢。」

剛才那種程度的巨石，還不足以成為致命的攻擊嗎？若是有更重、更硬的東西，或許就能夠……嗯？各位，你們為什麼要這樣凝視著敝人呢？

「用阿箱應該可行吧？」

「呃，可是……要是失敗，阿箱先生會故障喲。」

「就算因為階層地裂現象而摔下來，它都沒有半點損傷吶。應該沒問題吧？」

團長大人、副團長大人，可以請你們不要在本人面前討論這種危險的事情嗎？但老實說，讓我變形成更巨大的自動販賣機，再把我扔下去，確實有可能是最有效果的做法呢。

「不行！不可以讓阿箱冒這種危險！」

「這種做法不夠確實吶。老娘也反對。」

拉蜜絲和休爾米像是要袒護我似的並肩站在我的前方。雖然她們倆的心意讓我很開心，可是，如果沒有其他更理想的方法，我覺得也可以考慮這樣的手段呢。

因為我先前讓堅硬度提昇了很多，就算摔下去，應該也不會有問題。至於耐用度，只要沒有變成零，就可以不斷用點數修復。所以，我認為這個方法或許可行。不過，要是失敗了，一切就會結束了呢。

「說得也是。至今，阿箱已經幫了很多忙，再讓它承擔這種重責大任，可就太過分了。我們也得表現一下嘛。」

「要跳下去給牠最後一擊嗎？」

「這個嘛，既然惱人的火焰熄滅了，這麼做應該沒問題……」

咦！不不不，這可不成！底下瀰漫著高濃度的二氧化碳，要是你們下去，可能會呼吸困難，甚至因為二氧化碳中毒而喪命啊！

這樣的發展完全出乎我的預料。我得想辦法阻止他們下去才行。

「歡迎光臨。歡迎光臨。歡迎光臨。」

「喔，阿箱也贊成我們這麼做嗎？」

不、對、啦——！

「太可惜了。太可惜了。太可惜了。」

「不對嗎？可是，再這麼耗下去的話——」
「那個骷髏打算從洞裡爬出來了！」
會爬出來也是正常的，畢竟牠沒有理由要乖乖待在洞裡啊。時間愈來愈緊迫了。儘管如此，我還是不能讓其他人下去。
「可不能放過這個好機會。你們！都準備好了嗎！」
「請不要放開我們的救生繩喔！」
「真的拜託你們了！」
「這真的不是在搞笑喔！」
他們面對這種關頭時的果斷態度，實在值得敬佩三分，然而，這樣的果斷，現在卻引導事態往不好的方向發展。不行，再這樣下去……有沒有什麼方法……讓我能阻止他們的方法！
目前，我被設置在和洞穴有一小段距離的位置。距離延伸出斜坡的洞穴邊緣，大概有三公尺左右吧。站在我附近的同伴，有拉蜜絲和休爾米，以及除了米可涅以外的大胃王團成員。
團長鬆開原本綁在我身上的救生繩，將它轉交給熊會長。或許是因為這麼做，比較能自由調節繩索的長度吧。
有沒有辦法讓我的機體移到斜坡處呢。首先，我偷偷在底部裝上輪子。這樣一來，只要再讓人推動我，或許就能成功了。

就算能把我的想法傳達給拉蜜絲，她想必也不會點頭答應吧。從剛才的態度看來，休爾米應該同樣不會答應。那麼，就只能找熊會長或大胃王團了嗎？

大胃王團的話，大概得四個人卯起來一起使力，才有辦法推動我，而熊會長因為得握著救生繩，所以也無法騰出雙手。若是透過拉蜜絲的怪力，只要輕輕一推，感覺就能讓我移動到斜坡處了呢。

啊……我想到一個方法了。不過，要實行這個方法的話，就得拋開一切羞恥心，視他人觀感如無物。為了取勝，就算得讓拉蜜絲的好感度稍微下降，也比讓大家赴死要來得好。

於是，我選擇變形——成為A書販賣機。

「咦，阿箱，你怎麼突然變……咦……咦咦咦咦！」

在玻璃板內側，穿著暴露的女子們個個擺出妖豔性感的姿勢，看起來完全就是在誘惑男人掏錢。

目擊到這番光景的拉蜜絲，一張臉變得愈來愈紅。

「呃……咦……這些人為什麼只穿著內衣，還做出把屁股翹高，或是把胸部集中托高的動作……唔哇啊啊……」

儘管一臉害臊，但拉蜜絲還是望著這些A書封面出神。雖然覺得害羞，卻又相當感興趣嗎？

我能明白妳的心情喔，拉蜜絲。

呃，現在不是被拉蜜絲難為情的模樣萌昏頭的時候，得再乘勝追擊才行。

「歡迎光臨。」

「嘿啊嗚啊！討……討厭啦，阿箱。我才不會買這種東西呢，你這個色鬼！」

我趁拉蜜絲專注盯著商品時出聲。因此反應很大的她，為了掩飾自己的慌張，朝我的機體猛拍了幾下。

一般情況下，這麼做只會發出輕微的拍打聲，但情緒有點激動的她，此刻沒能控制好力道，我的機體也因此受到強力衝擊。

因為這樣的衝擊，我開始緩緩朝旁邊滑動。沒有加裝輪子的話，這樣的力道大概只會讓機體搖晃幾下，但對現在的我來說，已經是相當充足的威力了。

「咦！阿箱？」

「謝謝惠顧。」

拉蜜絲慌忙伸出手。但她的手只是無力地在半空中揮下，滑進斜坡區域後，我的移動速度開始加快，直接落入洞穴裡。

感覺身體浮空的同時，我隨即變形成巨大的販賣機。

將視線往下的瞬間，我和那隻企圖往上爬的骷髏四目相接。只要放手，牠就會再次掉回洞裡，在這種狀況下，正上方竟然落下一台自動販賣機。

該鬆開手將我打掉，或是用自己的身體接住我？這個一瞬間的猶豫，成了讓焰巨骨魔送命的原因。或許是沒能即時做出判斷吧，我就這樣直接重擊牠的額頭。自動販賣機堅硬的機身，輕輕鬆鬆便將牠的頭顱撞個粉碎。

我的運氣還不錯，剛好讓機體的直角處撞上牠。將牠的頭顱撞碎的我，從喉嚨、肋骨和腰骨一路往下破壞，最後墜落地面。

《傷害值１２。耐用度減少１２。》

受到的傷害比我想像的少呢。或許是破壞牠的骨頭時，也讓我的下墜速度減緩許多吧。現在的我，大概有三分之一的機體陷入地面。雖然看起來很遜，但只要能達到理想的結果就夠了。

骨骼碎片如雪花般不斷從上方灑落。看來我有成功給牠致命一擊。這樣就萬事ＯＫ啦。

「阿～箱～～～！你又這樣亂來～～～！我現在就下去，給我在底下等著！」

拉蜜絲大人暴跳如雷了呢。感覺她馬上就會跳下來。啊，這裡現在還充斥著二氧化碳呢，趕快變成氧氣自動販賣機，盡可能釋放氧氣出來吧。

「太可惜了。太可惜了。太可惜了。」

為了避免她靠近，我連續喊了好幾次的「太可惜了」，但洞穴上方還是垂下了一條繩子。看來拉蜜絲完全聽不進我的聲音呢。得用最高速度瘋狂釋出氧氣才行！

接著，不斷吶喊「太可惜了」的我，疑似收到了成效。對於降落至洞裡的行為，拉蜜絲似乎開始猶豫了。也可能是因為周遭其他人的勸阻吧。

「阿箱！你是不是想說『現在下面還很危險』？」

「歡迎光臨。」

聽到休爾米的提問，我隨即出聲回答她。這種時候有她在，真的令人感激不盡呢。儘管拉蜜絲的觀察力也很入微，但只要是扯上我的問題，就會讓她完全失去理智。

看到拉蜜絲這麼擔心我，確實令人很開心，但我希望她能更重視自己的安危呢。呃，雖然我好像也沒資格這麼說別人啦。

對了，因為打倒了階層霸主，所以牠的硬幣應該會掉在附近吧。喔！有了有了。我依照之前的做法，變形成〈投幣式吸塵器〉，再努力調整管子的位置，將硬幣吸入體內。

〈焰巨骨魔的硬幣〉追加到我的所持物品欄位裡了。

接下來，就暫時持續排放氧氣……啊，因為氧氣的比重比二氧化碳輕，所以不會沉積在洞穴底部呢。這樣的話，就讓大家見識一下我在經歷階層地裂現象後，還能平安生還的理由好了。

我製作了大量的氣球，等它們多到將整個〈結界〉內部塞滿，再變形成〈紙箱自動販賣機〉。接著，伴隨一股漂浮感，我的機體緩緩升空。

不知道是否因為洞穴底部充斥著二氧化碳，所以，基於氣體比重的問題，我似乎變得更容易浮起來。往上方漂浮的速度，遠比我想像中來得快呢。

來到洞穴的上半部時，我的浮空速度瞬間減緩。看來，二氧化碳大概只瀰漫在下半部吧。因為我準備了比上次更多的氣球，所以機體還是能慢慢往上飄。

「呃……是阿箱嗎？」

「歡迎光臨。」

我原本還擔心紙箱打造而成的機體能不能說話呢，看來是不要緊。畢竟，變成其他沒有語音系統的自動販賣機時，我也還是能說話嘛。

「米可涅，讓洞穴蓋關起來吧。」

「我知道了。」

在熊會長的命令下，洞穴陷阱的地表恢復成原樣。我消除〈結界〉，在氣球各自飛散後落地，再變形成平常的自動販賣機之後，才鬆了一口氣。同時……一道人影覆在我的機體上。

因為某種不好的預感，我實在不想將視線移過去。但畢竟也無法裝作沒看到，最後，我終究是不太情願地望向自己的正前方。

鼓著腮幫子的拉蜜絲，正雙手扠腰、彎下腰盯著我看。嗯，她準是在生氣沒錯。

「阿箱。要是故障了，你打算怎麼辦？」

她溫柔不已的語氣，反而更讓人覺得可怕。

「如果中獎就能再來一瓶！」

「不准敷衍帶過。人家可素在生氣咧。」

咕，她只要一激動，就會開始說方言呢。現在還是老實點吧。

我原本就沒有用甜言蜜語哄騙女性的能力，就算靠內建的語音系統，應該也是說什麼都沒用吧——

在拉蜜絲長達一小時的說教結束後，我才深深體會到自己的膚淺。

一開始，拉蜜絲還很生氣地對我訓話，但之後話題卻慢慢變成抱怨，或是自己有多擔心我之類的內容。結果，一旁的休爾米實在看不下去，便開口勸阻她。

「拉蜜絲，說到這裡應該差不多了吧。要是一直喋喋不休地責罵阿箱，可會被它討厭喔。」

「啊嗚嗚……那就這樣吧。你不能再做出這麼亂來的舉動了喔。」

聽到拉蜜絲最後一句懇切的要求，我只能沉默以對。我不想對她說謊，所以，我無法回應她這句話。倘若又遇到能夠藉此幫助大家的情況，我或許還是會做出同樣的行為吧。

面對我的態度，拉蜜絲沒有生氣，只是露出苦笑。彷彿是已經看穿我內心的想法，然後對此感到無奈似的。

「妳們說完話了嗎？不介意我問阿箱一些問題吧？」

凱利歐爾團長以手指扶著帽緣朝我們走來。他或許早已在一旁窺探開口的時機了吧。

「這次也有勞你了，阿箱。階層霸主的硬幣有落在洞穴底部嗎？」

「歡迎光臨。」

「喔，這樣嗎？那之後得去把它撿回來才行。」

把剛才回收的硬幣亮出來，讓他知道我已經撿走它好了。呃……要怎麼做啊？先看著所持物品欄裡的〈焰巨骨魔的硬幣〉，再想像把它排放出去的感覺……

「喔喔！原來你有撿起來嗎！」

那枚硬幣成功地落在我前方的地面上。團長二話不說地打算撿起它，但一旁突然有人伸出手，揪住了他的手臂。

「妳這是做什麼，休爾米？」

「雖然你想若無其事地將這枚硬幣放入自己的口袋，但打倒焰巨骨魔、又撿起它的可是阿箱。硬幣的持有權並不在你身上。」

這番話很有道理，但我其實覺得無所謂呢。不過，與其因為彼此熟識就不計較太多，這種事情或許還是要分清楚比較好。

「噢，不好意思。因為你的活躍而讓作戰成功，的確也是事實。有權利得到這枚硬幣的人，確實是阿箱沒錯。那麼，我希望能跟你收購這枚階層霸主的硬幣。用一百枚金幣交換，你覺得如何？」

這感覺不是能輕鬆說出口的價碼呢。換算成點數的話，一百枚金幣就等於十萬點……呃，這是一筆超大的金額耶。

拉蜜絲似乎也和我同樣震驚。她圓瞪著一雙眼睛，交互望向地上的硬幣和我。

休爾米則沒有表現出太吃驚的反應，只是朝在一旁旁觀的熊會長瞥了一眼。

「唔，階層霸主掉落的硬幣，市價差不多是這樣沒錯。」

「似乎是這樣呢，阿箱。你怎麼打算？」

既然這樣，別說完全沒問題了，我簡直樂意之至啊。因為我已經持有一枚階層霸主的硬幣了，所以也不需要第二枚。

「歡迎光臨。」

「不愧是阿箱。答應得這麼爽快，真是幫了我們一個大忙。不過，這筆錢要之後才能支付給你，沒關係吧？畢竟我們不可能老是帶這麼大一筆錢在身上走啊。」

在交涉成立後，這枚硬幣就成為愚者的奇行團的所有物了。凱利歐爾團長撿起硬幣，將它舉高，就著陽光細細觀察片刻後，才將它放入自己的腰包裡。

好啦～接下來，就只剩返回清流之湖階層了。對於這個迷宮階層，我所了解的，就只有從上空鳥瞰到的全貌，以及主要通道。以後，或許不會再有機會來這個地方了吧。

終章

「不過，直到現在，我還是覺得難以置信吶。」

在一陣子之前，都還只是被金髮少女揹在身後的那個魔法道具——凱利歐爾團長一邊遠眺著它的身影，一邊道出不知是傻眼還是感嘆的發言。

「你是指什麼事？」

「在這麼短的期間內遇到兩隻階層霸主，還成功打到牠們的，竟然是一個有人類靈魂寄宿其中的魔法道具。就算告訴其他獵人，也絕不會有人相信這種事吧。」

「就是呀。就連親眼目睹的我們，都覺得很難相信了。」

菲爾米娜副團長撩起一頭大波浪長髮，輕輕嘆了一口氣。

「會不會是阿箱有吸引這種存在的特質啊？」

「妳的意思是，它有英雄的資質，或是命中註定它會引來階層霸主？被喚作英雄的存在，總會在旅途中被捲入各種麻煩裡頭呢。家裡的英雄傳記都是這麼寫的吧，阿紅？」

「不過，那應該只是捏造的故事吧，阿白？」

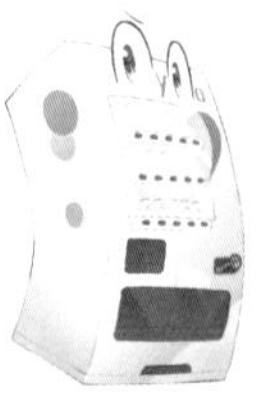

在三名團員以輕鬆的語氣這麼閒聊時，團長仍一語不發地凝視著阿箱。
「或許真的是你們說的那樣吶。阿箱這樣的存在，感覺挺適合背負多舛的命運。」
「因為他……是寄宿在前所未見的魔法道具裡頭的靈魂呢。」
「嗯。不知這是所謂的命運安排，又或是詛咒，也有可能是某種負面的加持能力吶。」
這個世界存在著一種名為〈加持〉的特殊力量。然而，這種力量並非全都是有助益的力量。在〈加持〉能力之中，也存在著等同於詛咒、會為擁有者帶來不幸的力量。
「總之，雖然沒有確實的證據，但這可不是能單純以『巧合』來解釋的狀況。就算對阿箱而言是厄運，但對我們來說可是好運吶。」
「說得也是。讓我們一路尋尋覓覓的階層霸主的硬幣，它竟然能在這麼短的期間之內，就遇上兩次入手的機會。一般來說，應該是不可能發生的事呢。」
聽到副團長這麼說，其他團員也都點頭同意。
為了收集階層霸主被打倒時掉落的硬幣，愚者的奇行團一直在迷宮中遊走。這幾年以來，他們只拿到了三枚硬幣。不消一年，便遇上兩次得到硬幣的機會，就連團長也是初次體驗到。
「不過，比起阿箱的影響，迷宮本身出現異常變化，應該才是主因吧？」
「畢竟連蛙人魔王都出現了，或許事有蹊蹺呢。」
「就是啊。感覺遇到魔物的機率也變高了。關於這點，休爾米好像也說過什麼？」

莯伊不解地歪過頭，紅白雙胞胎也跟著露出疑惑的表情。

作為暫時加入團隊的條件，愚者的奇行團會定期為休爾米提供每個階層的詳細情報，再由她向大家說明該階層魔物的情報，或是給予建議。他們或許是想起之前聽說的內容了吧。

「對了，根據傳聞，魔王軍似乎也頻頻有所動作。這或許是讓整個世界開始動盪不安的關鍵要素之一。」

「這麼說會不會扯太遠了？不過，魔王軍嗎……印象中，他們好像鎖定帝國北部的防衛都市為目標呢。儘管現在勉強擋下了攻勢，但整座都市淪陷，恐怕也只是時間問題了。」

生息於荒涼的北方大陸的魔物。統率他們的存在，正是魔王。

住在那片大陸上的魔物，個體能力都相當優秀。但因為擁有強烈的個人意識，所以魔物之間的紛爭總是綿延不絕，也因此沒有餘力侵略其他國家。然而，以蠻力降服那些魔物的存在現身了。

那個人物自詡為魔王，以力量讓魔物歸順於麾下，再命令他們去攻打鄰國。這批魔王軍的實力十分強大，目前已經有國家因此亡國。

具有優越地理條件的防衛都市，便位於聯繫著帝國和魔王國的唯一一條路上。儘管現在仍頑強抵抗著，但恐怕過不了多久時間，就會被攻陷了吧——人們七嘴八舌地討論著這個幾近真實的預測。

「可是啊～一般有人會自稱是魔王嗎？因為是統率魔物的王者，所以就叫魔王？這還真是沒有命名天分耶。」

團長沒好氣地聳聳肩表示。不過，剩下的團員全都以「你沒資格說別人啦」的眼神盯著他看。

的確。將自己的團隊取名為「愚者的奇行團」的他，也沒有立場嫌棄魔王吧。

「雖然不知道是巧合，還是某種力量在背後推動的結果，但阿箱實在是個很有趣的存在……為了實現我們的願望，阿箱或許是不可或缺的呢。」

愚者的奇行團全員的視線，此時全都集中在一處。

讓拉蜜絲擔心、又被休爾米調侃的那台自動販賣機，並沒有察覺到他們的視線，只是以機械打造出來的身體接受這一切。

後記

非常感謝各位購買了這本第二集。和第一集相較之下，阿箱的行動範圍變得寬廣許多。我試著將它描寫成一台帥氣的自動販賣機，不知道各位覺得如何呢？

這是我第二次寫後記了。在第一集的後記中，我和各位提到自己會開始寫小說的前因後果。因為之前的內容有點沉重，所以我這次會試著將後記寫得比較活潑。

第一集的時候，我說明了自己會開始寫小說的契機，那麼，這次就來寫開始接觸、閱讀小說的理由好了。

其實，在孩提時代，我並沒有特別喜歡小說，反而是對漫畫更有興趣。然而，小時候，我卻過著和漫畫無緣的生活。

我家的教育方針比較嚴格，在上國中之前，我完全無法接觸漫畫或動畫。我母親很排斥這種休閒娛樂，印象中，她當初只允許我觀看「海螺小姐」、「哆啦A夢」這一類的動畫（雖然我還是會趁父母不在時偷看就是了）。

至於家裡的漫畫，大概也只有外國或日本的漫畫偉人傳記。儘管如此，當時對漫畫懷抱強烈渴望的我，還是看了一遍又一遍。

在這種環境下成長的話，一般的孩子或許都會變得勤奮向學吧，不過，我是個徹頭徹尾討厭念書的孩子，基於「如果不能看漫畫，那看小說不就好了嗎！」這種膚淺的想法，我開始每天四處找小說來讀。

我主要鎖定的讀物，不是純文學或課本上會摘錄的那種文章，而是冒險奇譚、歷史故事，或是介紹動物、昆蟲生態的書籍。對我來說，小說就是漫畫的替代品。印象中，我特別喜歡故事很有趣的，或是能學習新知的作品。

回想起來，這樣的我，當年的言行舉止其實也很奇特。大家都在聊週刊少年漫畫雜誌的時候，我因為沒看過，所以無法跟上話題，他們詢問我的意見時，我還回答「比起這個，我們來聊湯瑪斯．阿爾瓦．愛迪生嘛」，真是個怪胎呢。

那時，因為家裡有愛迪生的傳記漫畫，我還為了自己能說出他的全名而感到些許自豪。現在想想，我當年完全是個喜歡賣弄從書本中得來的知識、感覺會被朋友討厭的孩子呢。

到了小學高年級之後，我漸漸明白小說的有趣之處，迷上了所謂的微型小說，喜歡結局耐人尋味的故事，也開始閱讀《夏洛克．福爾摩斯》。就這樣，我不像個孩子的彆扭人格更加強化了。

像這樣的小學生時代結束後，上了國中，母親突然允許我看漫畫了。既然已經是國中生，就必須自己分辨是非善惡。你還是個小學生的時候，媽媽已經確實規範過你了，接下來的人生，你得對自己的行動負責——我記得她跟我說了這樣的話。

當下，我是這麼想的。我認為……這是母親巧妙的陷阱。我判斷她採用放長線釣大魚的戰術，企圖先讓我掉以輕心，等到我得意洋洋地買了漫畫之後，再展開突襲，以「竟然看這麼不健全的書刊……漫畫果然是有百害而無一益的東西！」為藉口沒收我的漫畫，要我好好用功念書。

我可不會讓妳牽著鼻子走！國中生的我，帶著滿滿的鬥志開始動腦。

那時，迷上《夏洛克．福爾摩斯》、週二懸疑劇場，以及國外的警匪電視劇的我，在腦內組織起精確的推理。我讓大腦全速運作，以追求「今後該如何行動」這個問題的答案。

像過去那樣繼續閱讀小說，恐怕是最妥當的做法。然而，內心想看漫畫的慾望，卻是一天比一天來得強烈。於是，我靈光一現。

既然這樣，放棄父母偏好的一般小說，改看大多走奇幻路線的輕小說，不就好了嗎？如果是輕小說，只要把書衣拆掉，看起來就只是普通的文庫本了。至於本文之前的彩頁，父母在的時候就先略過，等到四下無人的時候再細細欣賞即可。

就這樣，國中三年我幾乎完全沉浸在輕小說的世界裡頭。順帶一提，直到國二的時候，我才真正理解到就算看漫畫或動畫也不會挨罵。

哎呀，總之，升上高中之後，我迷上了心理學或多重人格這類深及人類內心世界的故事。現在想起來，該說是年少輕狂……還是來得有點遲的中二病呢。

跟母親提及這件事之後，她得意地表示「那麼，你能像現在這樣寫小說，就是我的功勞嘍！」。雖然沒說錯啦，不過這種無法接受的感覺是怎麼回事呢？

話說回來，儘管現在能像這樣，將自己撰寫的故事化為實體書、然後讓大家閱讀，但就算當年的自己知道了這樣的事實，也絕對不會相信吧。

這次也負責提供許多動人插畫的加藤いつわ大人。除了主角是一台自動販賣機這種亂來一通的設定，這次連那個獸人也……真的非常感謝。

責編M大人、Sneaker文庫編輯部的各位，繼第一集之後第二集也受到大家諸多協助照顧了。

媽、哥哥。謝謝你們替我向親戚和熟人宣傳。

謝謝為了購買我的小說，而逛遍書店的友人。

以及購買了這本第二集的各位讀者。以後還請大家繼續指教。

昼熊

夢想變成半獸人的絲各

國家圖書館出版品預行編目資料

轉生成自動販賣機的我今天也在迷宮徘徊 / 昼熊作
; 咖比獸譯. -- 初版. --臺北市 : 臺灣角川, 2017.03-
冊 ; 公分

譯自 : 自動販売機に生まれ変わった俺は迷宮を彷徨う
ISBN 978-986-473-586-0(第1冊 : 平裝). --
ISBN 978-986-473-781-9(第2冊 : 平裝)

861.57　　　106001107

Kadokawa
Fantastic
Novels

轉生成自動販賣機的我今天也在迷宮徘徊 2

（原著名：自動販売機に生まれ変わった俺は迷宮を彷徨う 2）

2017年7月6日 初版第1刷發行
2023年6月30日 初版第2刷發行

作　者：昼熊
插　畫：加藤いつわ
譯　者：咖比獸

發行人：岩崎剛人
總編輯：蔡佩芬
編　輯：黃怡珮
設計指導：陳晞叡
印　務：李明修（主任）、張加恩（主任）、張凱棋

發行所：台灣角川股份有限公司
地　址：104台北市中山區松江路223號3樓
電　話：（02）2515-3000
傳　真：（02）2515-0033
網　址：www.kadokawa.com.tw
劃撥帳戶：台灣角川股份有限公司
劃撥帳號：19487412
法律顧問：有澤法律事務所
製　版：巨茂科技印刷有限公司
ISBN：978-986-473-781-9